TODA PROSA II
Obra Escolhida

TODA PROSA II
Obra Escolhida

MÁRCIA DENSER

EDITORA RECORD
RIO DE JANEIRO • SÃO PAULO
2008

CIP-BRASIL. CATALOGAÇÃO-NA-FONTE
SINDICATO NACIONAL DOS EDITORES DE LIVROS, RJ

D461t   Denser, Márcia, 1949-
         Toda prosa II – Obra escolhida / Márcia Denser. - Rio de
    Janeiro : Record, 2008.
         ISBN 978-85-01-07871-1

         1. Conto brasileiro. I. Título.

08-0006.   CDD: 869.93
                                            CDU: 821.134.3(81)-3

copyright© 2008, Márcia Denser

Capa: EG Design / Evelyn Grumach

Editoração Eletrônica: Abreu´s System

Direitos exclusivos desta edição reservados pela
Editora Record Ltda.
Rua Argentina 171, Rio de Janeiro, RJ - 20921-380 - Tel.: 2585-2000

Impresso no Brasil

ISBN 978-85-01-07871-1

PEDIDOS PELO REEMBOLSO POSTAL
Caixa Postal 23.052 - Rio de Janeiro, RJ - 20922-970

Sumário

Prefácio 7

Onze Contos

Adriano.com 13
Memorial de Álvaro Gardel 25
O Quinto Elemento — A história privada de uma
    mulher pública 35
Cometa Austin 71
O Último Tango em Jacobina 75
Polaris 93
As Ladeiras da Aclimação 103
Reflexos 107
Trade Lights 111
Primeiro Dia de Aula 119
Horizontes 123

Três Novelas

Exercícios Para o Pecado 129
I — Um Homem Solitário 131
II — O Poeta 137
III — O Homem 153
IV — O Poderoso Editor 175
V — A Feira do Inferno 183
Sodoma de Mentiras 199
Todos os Amores 223

Posfácio: A Paulicéia Pós-Moderna e Seus Habitantes:
   A Poética de Márcia Denser 245

Prefácio

Márcia Denser,
O que o leitor faria hoje com Lispector viva? O que o leitor faria hoje com Hilda Hilst viva?
Mas as mortas, por mais transgressoras em suas histórias, são bem-comportadas, hein?
Você é um mito da literatura brasileira. E engasgada de fertilidade, totalmente viva. E não sabemos o que fazer com você.
(Percebe que fui machista, eu acabei a comparando com mulheres, não com escritores homens? Como se não pudesse ombrear nomes femininos com masculinos... Mas — calma — as mulheres vão aonde os homens têm medo de entrar: no próprio corpo.)
Sua melancolia é espirituosa. Não como um Lúcio Cardoso, que me transtorna de impressionismo. Você é expressionista, com a velocidade gestual do grito. Explícita em sua câmara escura. Tirando e pondo as movimentações secretas do desejo. O desejo é sua matéria-prima — o amor não é coisíssima nenhuma sem ele, muito menos a tristeza.

Você me agride grosseiramente. Não tenho paz quando a leio. Não tenho mais paz para observar alguém sem duvidar de que estou sendo olhado. Sua ficção são antecipações do que as pessoas pensariam de você. Você antevê e desarma. Você faz profecias como qualquer um produz lembranças. Você é tão passional que até a tinta não seca em seus livros, até o sangue não seca. Não dá tempo nem para o sangue secar, La Denser?

Diante de seu carretel de náufragos e ex-amores, não vivi o suficiente a minha distração. Não me diverti distraído. Parece que fui covarde. É isso, eu me sinto covarde porque você se queima em praça pública para me aquecer.

Como você suporta deixar abertas todas as possibilidades de uma vida sem fechar nenhuma janela? Me diz? Um texto entrando no outro, mudando de freqüência com rapidez, devorando os homens como se eles fossem complementares?

Você fala demais, fala o que não deveria ser dito, derrubando ilusões, clichês e preconceitos em série. *Toda Prosa II*, com onze contos e três novelas, não tem vidro fumê. Eu a vejo dirigindo para o abismo.

É escrita transparente, com vaivém, ziguezague, confissões e descrições de detalhes que temos vergonha de recapitular. Os contos desbocados, intensos, de duplas referências, não terminam com as novelas. Ficam junto delas, ambos os gêneros eternamente se olhando, sem consolo.

Você permanece insuportável, La Denser, insuportável a forma como mistura Diana Marini, seu *alter ego*, com você mesma, nunca me deixando chance de perguntar se é verdade ou não. Eu me sinto confuso em supor que viveu o que escreve, ou que escreveu o que vive. É claro que está mentindo, mas precisa de muita verdade para aprender a mentir.

Deusas biscates? Essa é boa. Você me excita com o desprezível e me comove com o irrisório.

"A vida não é perfeita porque precisa incluir a imperfeição, não é lógica porque precisa integrar o irracional, mas a vida tem que ser completa, inteira, vivida na íntegra. Ela deve incluir a totalidade da experiência, do terror ao êxtase, nada lhe deve ser negado, nem o bem nem o mal." É um aviso?

Você me altera, você me sacode de pavor e delírio porque anda no fio do serrote (navalha não faz música como o serrote), imersa entre a matriz poética e a prosa antiliterária, entre o sublime e o ridículo. Nunca caindo por inteiro.

Você não cai, você nunca vai cair. Aproveita o desequilíbrio: empurrão, momento de crise concentrada, força para seguir.

Não ter chão deve ser um incômodo para todos, menos para você.

Beijos da velha mesa de carvalho

Fabrício Carpinejar

ONZE CONTOS

Adriano.com

I

De óculos ficava com um ar depravado, exatamente ao contrário do que deveria, evidenciando uns lábios sensuais, uns olhos oblíquos, os cabelos em estudado desalinho.

Nascida em 1955, Júlia Zemmel era judia, refinada, escritora e ainda uma bela mulher, principalmente com aquelas lentes claras, transparentes, aliás os homens adoram isso: sempre preferem as *vesgas*.

Óculos acentuavam aquele seu ar idiota (eles também adoram mulheres idiotas) e dizer-se judia e escritora não seria um ato de fé? Não, pensa Júlia: uma vocação para a infelicidade, algo visceralmente fora de moda, tanto quanto ter 45 anos, oito quilos a mais e todas as ilusões a menos, noves fora: não exagere, Júlia, nem todas.

Sexo, por exemplo, nunca fora problema, problema moral, queria dizer, e se não havia pecado, culpa não havia, nada além de remorsos de ordem estética — o que significava trepar com escriturários, mensageiros & acompanhantes anônimos meio aleatoriamente, depois se arrepender amargamente e dormir na pia. Nos confins dos anos 80, essa havia sido a fase da promiscuidade, algo impraticável atualmente e ainda mais fora de moda.

Porque sexo agora era todo o problema, pensou Júlia examinando-se no espelho. Nesses tempos ruços impõe-se o maldito patrulhamento em nome do sexo-seguro-anti-aids, tão eficiente que Moisés teria vergonha do seu decálogo e respectivas interdições e ameaças com o fogo da geena, imagine, que o inferno é aqui mesmo, onde se tornou quase impossível materializar o corpo do desejo, convertido numa espécie de martírio tantalizante de ter tudo tão perto e, ao mesmo tempo, inatingível. Na realidade, o patrulhamento social é o moderno sucedâneo da lei mosaica.

Porque Júlia detestava ficar só na imaginação — aliás não tinha muita imaginação — inclinava-se pelo que podia pegar e pegava o que podia.

Começava a ter vergonha de sentir tesão.

Então por razões de fora e de dentro (e idade era um *fato*), tinha que desbaratinar o tesão conquanto a imagem no espelho lhe desmentisse a paranóia, sugerindo que, por ora, nada teria a desbaratinar, seu corpo ainda dispensava as roupas e os fatos abstratos de ordem cronológica.

Então o problema era a idade daquele Gabriel.

Quando ele lhe disse ter trinta anos, Júlia sentiu uma zoeira distante, como se fosse sair do ar, desmaiar. Porque ele disse a idade *intencionalmente*, o olhar falsamente distraído, um risinho imperceptível no canto dos lábios, atento à minha reação, o filho-da-puta. E Gabriel era um homem bonito, diga-se, não do tipo explícito, gênero comercial de gilete. Fazia mais a linha casual look.

Era um jovem arquiteto. Não. Um arquiteto jovem. Não. Era um jovem, arquiteto de profissão e escritor por vocação. Talvez. Era muito jovem de qualquer forma. No futuro talvez se tornasse mais escritor que arquiteto, como podia ser o contrário. Sabia por experiência que pessoas bonitas não escolhem a literatura por destinação (e se o fazem hão de ser geniais, o que não era o caso) porque não é uma profissão, antes uma vocação para a infelicidade, incluindo o celibato como precondição para se casar com a humanidade.

Em dado momento da vida, Júlia também vendera a alma, fizera seu voto — essa espécie de moratória às avessas, de compromisso não escrito com a divindade, a desobrigá-la de marido & filhos e condená-la à solidão e à promiscuidade, à perseguição do pecado perfeito, atando-a voluntariamente e para sempre às cadeias da condição humana.

Humanidade que aliás anda muito desumana ultimamente, suspirou Júlia desligando o computador, fechando as janelas: virou algo como uma pós-humanidade da qual, presumo, esse pós-Gabriel — pós-graduado aos trinta anos em arquitetura no que pretende pós-doutorar-se e que se pretende escritor por mal dos pecados — faz parte.

Júlia saiu, batendo a porta: ia almoçar com aquele Gabriel.

II

Aquele Gabriel levantou-se acenando, quando a viu entrar no Carlino.

— O que vai ser? — olhou-a interrogativo abrindo o cardápio, após trocarem cumprimentos numa efusão de pastas e livros.

— Para dizer a verdade... — reticente, Júlia examinava o cardápio sem ler.

Ele esperava, com amável simpatia. Tempo. Saco, pensava Júlia perfidamente, espera que eu termine a frase e peça supremo de frango com creme de milho e suco de laranja. Tempo, tempo.

— Enquanto você pensa, vamos beber, disse ele acenando ao garçom.

— Perfeito. É o que eu ia sugerir e não me atrevia — fechava o cardápio, sorria, surpreendia-se Júlia.

— Por quê?

— Hoje em dia somos patrulhados se fumamos, se bebemos, até se fazemos amor sem ca—,

— Trepamos, você quer dizer. Se trepamos sem camisinha, vou te patrulhar os eufemismos.

— Por razões de ordem estética, suponho.

— Ética, eu acho. A honestidade consigo mesma não está sujeita a modismos, segure seu copo, isso, este vinho merece que brindemos às musas, tin-tin.

Sempre sorrindo, Júlia cerrou os olhos: não era só uma bela figura de homem, o sujeito tinha senso de humor, um espírito nobre, sem contar a presença de espírito. Júlia sentia-se malditamente em desvantagem: a não ser a recomendação de um escritor amigo — que aliás ele também não conhecia — além do fato de ela trabalhar na Fundação e poder ajudá-lo no projeto de pesquisa, sua persona não a precedera. Ele não a conhecia nem de nome, nem de obra, de forma que não podia lançar mão de sua fascinante persona, parecia aceitá-la com uma espécie de celestial placidez. Bastava-lhe ser mulher simplesmente, e ser mulher simplesmente, sem insígnias de poder e na idade de Júlia, não era grande coisa.

— Podemos ser amigos, disse Júlia hipocritamente — mas você ainda não disse o que acha do patrulhamento e tudo o mais.

— Não sei, não conheci o mundo em outras circunstâncias, suponho que antes devia ser diferente, e também suponho que por poucos anos perdi muita coisa, mas não sei, não vivi.

— Confessa que não viveu! exclamou Júlia, percebendo que ele não entendera a alusão à Neruda. — Pois é — prosseguiu, acendendo um cigarro — é isso aí, o buraco no tempo, assim fica difícil a gente se entender, porque não basta *saber* intelectualmente, você mesmo disse, sua vivência se restringe ao presente.

— Então por que não me ensina? A ver as coisas de modo diferente, quero dizer. — Gabriel hesitou, mordeu os lábios, arriscou: — Atualmente você transaria com alguém tipo "ac", acompanhante anônimo? Aposto que não.

— Não tem clima, não tem mais, — disse Júlia com ar ausente — o lance talvez seja atualizar as fantasias, falando nisso devolvo a pergunta, e você?

— Para quê, se é melhor com a namorada?

— Veja só, então você saca muito bem o patrulhamento, em 70 também tinha mas era diferente. Proibiam-se manifestações de afeto e sentimentalismos idiotas porque eram burgueses. A independência em altíssima, bem como o ativismo literário, sabe, íamos mudar o mundo, mas em 80 veio a Aids, em 90, a guerra do Golfo, caiu o muro de Berlim, o regime soviético e o socialismo real entraram em colapso e o mundo mudou a despeito de nós e para infelicidade geral. Naturalmente tem gente que não acha, a esmagadora maioria, por exemplo, tão preocupada com tua saúde, tua eugenia, tua sanidade, visto não te deixar fumar, beber, trepar com ou sem. Sabe por que se fala tanto em sexo? Sim, você já está adivinhando. Fala-se porque não se pratica.

— Não entendo mulher bonita com problemas existenciais, no duro mesmo. — Gabriel fitava-a, preocupado.

— Sem contar, mas já contando até porque é inevitável, que esta é a terceira garrafa de vinho. Devia comer alguma coisa.

— Está bem, está bem, Júlia levantava-se, tateava os sapatos sob a mesa, as pastas, a bolsa: aquele Gabriel desmoronava, era um babaca, mas ele a reteve: — Espere. Num instante pagou a conta e voltou: — Te levo para casa.

O automóvel estacionou na porta do prédio.

— Tenho impressão que você me odeia, lascou ele.
Meio tonta, sem pensar, Júlia abria a porta, saía do carro:
— Não é você, não odeio você, é outra coisa, malditamente outra coisa. Olhe, desculpe o vexame.
— Bobagem, você não se livra de mim assim tão fácil. Da próxima vez trago minha namorada para te conhecer. Foi divertidíssimo, cuide-se.
Júlia olhou-o duro, meditou um instante, então disse:
— Sabe, se eu fosse homem e tivesse que me virar, meu nome de guerra seria Adriano, Adriano AC (fazia duas homenagens, que nem se dava ao trabalho de explicar porque aquele Gabriel não ia sacar mesmo). — Claro, muito divertido, mal posso esperar para conhecê-la também, adeusinho.

III

Sempre havia Rudi Woolf — que reaparecia em momentos de aguda dor-de-cotovelo, uma espécie de inimigo íntimo — o ex-namorado dissoluto e meio veado, a quem o celibato também escolhera mas por razões inconfessáveis. Pelo menos, enquanto a mãe estivesse viva e pudesse deserdá-lo.
Nos entendíamos.
Pecar é trair? perguntava-se remotamente Júlia enquanto se despiam, as mãos desvencilhando-se de botões e zíperes: separar as coxas e tomar a primeira estocada, a segunda, a terceira, fechando os olhos, imaginando ser

outro a possuí-la, girando de bruços para imaginá-lo melhor, ainda que parcialmente, mas esta possessão por trás é tudo o que não é Gabriel e a ausência do Arcanjo Anunciador é a instância do Traidor, daquele que acaricia e arranha e uiva na treva.

IV

Daí teve aquele intervalo que seria antes a ausência daquele Gabriel que foi se impondo a partir de tanta promiscuidade e dissolução retromencionadas, daquilo que me dissolvia e derretia e revolvia e que era a saudade daquele Gabriel bocó/ingênuo/tolinho que não seria escritor futuramente pois teria oito filhos com aquela namorada que ia me achar divertidíssima, que daqui a dez anos estaria com mais trinta quilos, enquanto eu, poderosa e enxutíssima aos 55, podia apostar que ele daria adeus à carreira de ex-futuro escritor, arquitetar-se-ia, sabe-se lá, quando muito em pós-doutor, desperdiçando-se com filhos, futebol, shopping, McDonald's, se tornaria o quê diante da tevê? daqui a vinte, trinta anos, ao fim e ao cabo do pós-capitalismo tardio como seria lembrado postumamente? como pós-consumidor? e assim caminhou a humanidade nesses quinze dias em que ele não deu o ar da graça na Fundação, nem pelo correio eletrônico, porque dia após dia era sobretudo a ausência daquele pós-Gabriel que se amarrava na web.

V

Reapareceu no início do outono sempre na Fundação, pelo correio eletrônico sobrava eventualmente um rabo de conversa, donde o chopinho ao cair da tarde.

— Não entendo este voto de celibato, dizia Gabriel, uma coisa não tem a ver com outra.

— Se fosse veado, entenderia, disse Júlia só de sacanagem.

Ferido nos brios, levou-a a um motel. Possuiu-a quatro, cinco vezes com um ódio que não era ódio, mas tesão reprimido. Porque o sexo é um louva-a-deus, uma luta de vida ou morte, a perseguição implacável do pecado perfeito.

— E *isso* está muito literário, disse Gabriel assoprando-lhe um fiapo grudado nos cílios: — Venha cá, ainda não te *odiei* o suficiente, Tintin.

Então é comemorar e compreender, comemorar e compreender e arder e queimar e murmurar roucamente (porque estava resfriada de tantas curtições) que te amo, te amo, te amo, mas não te amo, não é mesmo? Na cama, enquanto Gabriel armava jogos, fazia planos e o futuro e os projetos, eu ouvia — não conseguia pensar — e perdia novamente meu coração traiçoeiro nesse braço de ferro, nesse mano a mano com a vida, vagamente pensando em como dar o fora e se ainda com alguma dignidade. Minha dignidade, no momento, era cor-de-rosa e balançava mansamente no cabide do quarto de motel, porque ventava e a janela estava aberta.

Assim não é possível, assim não é possível, desesperava-se Júlia a propósito dessa paixão que se multiplicava e se estendia inexoravelmente pelos trabalhos e dias e meses de êxtase e agonia.

Uma noite ele apareceu com olheiras fundas, dizendo não ter dormido nada, ter bebido todas, ter chorado potes, ter dito um monte para a namorada e ato contínuo ter rompido com ela. Para sempre. Por você. Para ficar com você.

Júlia ficou em silêncio: se alegasse os motivos de sempre, a idade, o tempo, o insólito celibato, não colaria, ele iria me enrolar até que o tempo realmente se fizesse imperioso, mostrasse sua face horrível e então seria a vez dele cair fora sem remorsos sem choro nem vela e azar seu, Júlia, que então decidiu-se. Contou-lhe sobre Rudi Woolf.

VI

Não o viu mais. Passaram-se cinco, seis, oito meses; um dia, recebeu a participação de casamento de Fulano e Beltrana. Ótimo, pensou Júlia abrindo o correio eletrônico, recebendo a mensagem:

Sozinha? Esplêndido! É assim que eu quero você.
Primeiro Encontro & Preliminares sem compromisso.
Adriano.com.

Ora, ora, pensou ela, na web, discurso de biscate e de bandido se confundem, esse aí parece querer certificar-se de que estarei só pra me assaltar, mas por que não? Fosse por tédio ou cinismo ou indiferença, clicou ok, pensando que doravante ia ser isso aí, precisava ir treinando, se acostumando. Ainda doía, mas isso era bobagem. Afinal, não tinha muita imaginação (e dor de amor é por conta disso), inclinava-se pelo que podia pegar e pegava o que podia.

Às oito a campainha soou pontualmente.

Júlia abriu a porta: no limiar da noite, do pecado perfeito, sorria-lhe Adriano-Gabriel.

Memorial de Álvaro Gardel

Em memória de meu pai por quem não pude chorar

    Foi enterrado a 28 de maio com aquele casaco que eu lhe dera em 87, que um dos amantes havia me dado ou roubado ou não sei, era um casaco sal e pimenta vagamente inglês, imagine, ele, logo o velho, logo Álvaro que só se vestia no Minelli desde que eu tinha seis anos e minha irmã quatro, mas de todo modo foi enterrado com um casaco de bom corte, sal e pimenta, meio inglês, que roubei ou ganhei ou não sei que amante remoto eu poderia ter arranjado nos confins do naufrágio de 87 (aqui refiro-me ao meu drama pessoal que agora não vem ao caso) porque o dele (o do velho, o de Álvaro) o arrastou muito antes, vinte anos antes, mais ou menos no início de 70 quando eu o enterrei, nós (eu e minha irmã) o enterramos pela primeira vez, o velho louco, desabiondo y suicida, que aprendera filosofia, dados, timba e a poesia cruel de não pensar mais em si (como naquele tango de Mariano Mores). Por isso aceitou e usou o tal casaco dois números maior, dado ou roubado de alguém que já não precisaria de nenhum (um amante talvez morto ou preso ou exilado), sequer de mim, que também já começava a naufragar naquele ano de 87 e meu pai — que só se vestia no Minelli desde 1947 — o aceitou com irônica resignação, o velho pilantra antecipadamente morto, como se soubesse ou adivinhasse ou antecipasse que o enterrariam nele pois que doravante repousa precariamente em paz (mas num excelente casaco de tweed inglês sal e pimenta) no columbário número 80 do cemitério de Vila Mariana, ala B.

(Em 26.06)

Há um mês mandei inscrever a lápide com um nome e duas datas, premeditando futuramente o painel de azulejos ou ladrilhos, sem contar a inscrição que desta vez sim, mas não foi assim, posto ter sido informada que em três anos o município recolheria suas cinzas à gaveta de modo que seria bobagem gastar dinheiro por tão pouco, o administrador enxugava a testa coberto de razões e fuligem, os grossos óculos de míope, donde a não menos premeditada quanto tola inscrição *In Memorian de Álvaro Gardel, pai eternamente amado, suas filhas Júlia e Amanda, 29.05.24, 27.05.97* igualmente caput — três nomes e duas datas — sequer esta derradeira vaidade lhe foi concedida, velho (ou negada a mim?) mas tolamente eu insisto: então não restará nada e terá sido só, terá sido tudo: desejo e pó?

Porque eu não sabia ser tão tarde, tão inútil.

Veja bem, não estou tentando penitenciar-me até porque para mim não há perdão nem castigo nem penitência nem remorso (não há pecado para minha estúpida inocência) apenas a obstinada pergunta sem resposta sobre o desígnio da vida de um homem resumido a duas datas e um nome, enterrado com um casaco de outrem (ele que só...) pai eternamente amado, desejo e pó, e então o silêncio das palavras não ditas, dos gestos desfeitos, enfrentar este vazio sem perguntas nem respostas que é meu pai definitivamente morto na antevéspera de completar 73 anos.

(Em 26.05)

Sua chegada é repentina, inflama-se, extingue-se, é jogado fora.
(I Ching — hexagrama 30 — Li — A Chama,
nove na quarta posição)

Desta vez meu pai está morrendo.

Eu deveria ou poderia ou não me restaria outra alternativa além de pegar um ônibus para ir vê-lo pela última vez no hospital quando sua segunda mulher ligou-me: seu pai está morrendo (morrendo entre estranhos, como tem vivido os últimos quinze anos, se fazendo de cego, surdo e burro). O hospital fica no quilômetro 27 da estrada de Itapecerica da Serra, com nome de santa que duvido existir alguma chamada Mônica, todavia ocorre que há oito anos — desde que vendi o apartamento, o automóvel, os telefones, os móveis de família, liquidei minha vida (ou o que materialmente restava dela) — e os móveis eram tudo o que restava — desde então experimento, digamos, o lado coletivo e anônimo da vida, o que significa andar de ônibus, metrô e assemelhados, sem contar o cotidiano mais pedestre, indo e vindo de lugares onde ninguém me espera, não sou bem-vinda (não sou mais) pois há muito não conto, não vivo, não valho o suficiente a ponto de alguém se dispor a perder tempo, gastar gasolina, em atenção ou amor ou amizade ou compaixão ou piedade comigo — eu, sombra de mim.

De forma que na condição de filha, a mais velha, a primogênita, teria que pegar um ônibus para Itapecerica da Serra, a norma exigia, os bons costumes, para ir ver o pai ainda uma vez, possivelmente a derradeira.

Mas seria bobagem.

Porque eu sei (eu e minha irmã sabemos) que é bobagem, que este cara está morrendo há 28 anos, que começou a morrer quando eu o internei pela primeira vez no sanatório para a cura de desintoxicação — ele, o alcoólatra, o desgarrado, o infeliz, o despojado dos bens desse mundo, até mesmo do amor e orgulho, o vaidoso dipsomaníaco.

Foi em 71.

Recordo-o vagando no escuro corredor do escritório onde eu trabalhava (meu primeiro emprego com carteira assinada e direito ao INPS). Vinha vacilante, macerado em álcool, subira sozinho os nove andares (enquanto os irmãos esperavam-no lá embaixo sentados no táxi com taxímetro ligado, que aliás *ele* pagaria) para pegar a guia de internação e eu lhe entreguei rapidamente o envelope, temendo ser vista ou que o vissem ou que nos vissem, mas ele desapareceu, um meio sorriso torto, sugado pelo elevador, reconduzido de volta à rua onde o aguardavam no táxi para levá-lo e interná-lo e trancá-lo e jogar a chave fora.

Porque eu apenas era jovem (ah, a juventude, essa falha impossível de se evitar em dado período da vida) naturalmente cruel e impiedosa como todos os jovens que acreditam com absoluta certeza na vitória e na esperança, no poder e na glória eternos e para muito breve.

Então eu não tinha tempo para você, velho, para parar e olhar pra você, voltar-me e te ver despojado dos bens desse mundo — alcoólatra que naufragara, silencioso e hostil, inconquistável rendido indiferente, sem implorar (porque se ignorava despojado da sua fortuna pessoal, aquele capital inalienável de sanidade e lucidez) — eu é que estava suja aqui dentro, porque a tua derrota, a tua rendição doía em mim, velho, então melhor te excluir do pensamento e do coração, fingir que você não existia, porque eu não ia me voltar para te olhar (estacar a meio caminho da vitória iminente) parar e olhar para você só para me sentir um lixo, por isso te internava e internava obsessivamente em sanatórios onde te deixava, te trancava e jogava a chave fora.

Mas não vou pegar ônibus nenhum.

Aos 43 anos não se pega ônibus nenhum — além de velha, derrotada — e de certa forma sim, derrotada, mas precisamente por isso não vou pegar ônibus nenhum para te ver morrer, meu chapa, não definitivamente.

Porque nós merecíamos mais do que isto, alguém assim que nos acompanhasse, amigo e silencioso, nos pagasse um café à beira da estrada, a meio caminho do hospital da tal santa que não existe, oferecesse um saquinho de balas, nos estendesse o lenço voltando o rosto para não nos ver chorar e — sobretudo — porque era preciso que você me visse derradeiramente acompanhada, não mais a filha da sua orfandade, e então partisse consolado pelo fato de não me deixar tão só e já tão distante da breve vitória, sabendo-me amparada por alguém a conduzir-me sem contudo me carregar — qual troféu, qual fardo, tanto faz, depende do ponto de vista — posto que a mim já basta minha dor.

Solicito apenas tempo, lugar e o direito de chorar derradeiramente por meu pai cuja alma se apagou há 28 anos e hoje definitivamente de corpo e alma, duas vezes morto e acabou-se.

Terá sua morte sobrevida? Terá a alma sua palma? Sim ou não? Terá o espírito gás suficiente ou se extinguirá num sopro, rendido ao demônio do abismo? — como se nunca tivesse existido, porra.

Decidi-me por não (aos 43 anos não se pega ônibus nenhum e muito menos nas ditas circunstâncias etc.) ir, velho, acho que em nome duma derradeira dignidade, ao menos hoje, ao menos desta vez, a última, porque será para sempre.

Aliás, ambos merecemos esta última dignidade — o transitus da vida à morte — de não estarmos sós, os passes de ônibus amassados entre os dedos, como se fosse tudo o que daqui levaríamos, a passagem para o outro lado — o óbolo de Caronte?

Porque não se joga fora o coração metendo-o num ônibus para dizer adeus apenas com um passe amarrotado no bolso, o símbolo desta subvida, esta subpaisagem de postes e fios, este sub-horizonte de cães onde transito (que é uma das tantas formas de estar morta) daí não haver muita diferença entre você e eu, meu chapa, porque também fui despojada, também me fodi — nem que estivesse na sua cola, velho — puxei você, puxou ao pai, eis o óbolo (o passe de retorno ao mundo dos mortos vivos).

Nada, sequer o bolo de mel, a coroa de flores, unicamente a moeda de Caronte a ser paga ao barqueiro pra te atravessar para o outro lado, entrando assim na morte com as mãos vazias.

Ficarei te devendo também isto.

E devo-te ainda mais porque devo a mim, não sem razão de tal forma sou cobrada, conquanto toda humilhação seja uma penitência, todo fracasso, uma misteriosa vitória, todo acaso, um encontro marcado, toda morte, um suicídio, mas não vejo consolo algum nesta sórdida teleologia, pois existe algo em mim que não se compraz com palavras, não trafica com sonhos, não negocia e também não adiantaria, porque tem um limite até onde se pode enganar-se a si mesma (sem contar o descarado plágio avant la lettre borgiano).

Por enquanto, devo a Deus e todo mundo pois que outra forma de explicar o fato de reiteradamente me voltarem as costas deixando-me há anos e à margem com dois passes de ônibus de ida e volta para o Limbo — do nada ao nada? E agora me baixa Horácio (ou será Hovídio?) para lembrar que o homem é a soma das suas condições climáticas, é a soma do que se tem, uma problema de propriedades impuras que se desenrola fastidiosamente até o nada inexorável: desejo e pó.

Sem lastro, sem guia e a lembrança da breve, artificiosa vitória (esta, a misteriosa vitória? eu passo) que era falsa e eu não sabia, que não podia perdurar o meteoro cuja órbita já é queda, se inflama e extingue-se, a menos que não tivesse de ser assim, a menos que sob os escombros ainda seja a carne, sempre a velha carne, a voz do sangue que a tudo reivindica, inclusive o direito à dor (a esta dor, a minha, a da filha, o ônus da primogenitura) pessoal, intransferível e única dor, a de chorar o pai (o único) enquanto agoniza (apenas uma vez) e desta vez (de uma vez por todas) para sempre.

Post-Scriptum: O presente relato foi escrito a 26 de junho, um mês após o enterro, e 26 de maio do mesmo ano, na madrugada anterior à morte (que intuí inevitável embora sem dados da realidade para comprová-lo) aproximadamente durante os momentos de agonia. De modo que esta oração fúnebre escreveu-se furiosamente, desenredando-se em sentido inverso, ou seja, para trás, para baixo e *de costas* (a despeito de mim) — direto ao centro dilacerado e oculto da dor.

O Quinto Elemento
— A história privada de uma mulher pública —

I

Na minha fenomenologia as anfetaminas são o quinto elemento, e como não se fica *pensando* no ar que se respira, nem na água ou na luz, nunca penso nelas, uma vez que a ingestão diária (mínima) de 100 mg é inevitável como o sol nascer todas as manhãs. Mas nem sempre foi assim. Durante meus primeiros vinte anos de vida elas simplesmente não existiam, portanto não são como o universo e a eternidade, tiveram um começo.

Aos vinte anos eu namorava um cara muito rico, gordo e careta, careta num sentido de usar umas roupas caretas, falar com sotaque da Mooca, o protótipo do paulistano babaquara de arrepiar, mas que basicamente era um maluco absoluto, alcoólatra e devastador, um sujeito radical enfim, fundamentalista em Cristo, em Camaros vermelhos, em Paris, radical em certa inocência e perversidade básicas (iguais às minhas), e naturalmente em dietas para emagrecer. Foi aí, começou aí.

Porque não existe força de vontade, percebem? William Burroughs (os mais junkies aí *devem* ter lido WB), viciado em heroína, disse precisamente isso: que para o Dr. Dent, de Londres, médico que o curou com apomorfina, força de vontade realmente não existe, você tem que chegar a um estado mental em que não quer ou não precisa da droga que for. O mesmo a respeito da fome, abolida pela anfetamina, um euforizante que além de liquidar a fome te deixa feliz, pleno, esperto, lúcido, maravilha.

Maravilhosamente travados passávamos o dia com meio bife e duas folhas de alface. Engolidos, aliás, com certa dificuldade. Fora isso, estava tudo perfeito, para mim, mas para Alvim — o namorado bem rico, gordo (mas emagrecendo a olhos vistos), maluco e fundamentalista e que era também alcoólatra e devastador desde os 14 anos, as coisas começaram a ficar ligeiramente alteradas uma vez que ele esqueceu de abolir o litro de uísque da dieta, porque as anfetaminas não liquidam a sede, ao contrário, incrementam a boca seca — aliás, a sensação de boca seca é um dos únicos *colateral damages* do bichinho — e infelizmente no caso do Alvim, meio que beirando o letal essa associação de *speed*, uísque e fundamentalismo, isto é, ele ficava letal, perigosíssimo, querendo jogar o Camaro contra *penhascos*, isso quando não me associava a Maria Madalena, incitando apedrejamentos em praias, restaurantes, discotecas, coisas do tipo, havia toda uma liturgia.

Mas aos 23 anos não se acha nada engraçado, a falta de cultura exclui o senso de humor, tende-se para o trágico e fazer drama de tudo (claro que lá no fundo JAMAIS me ocorreria ficar com aquela hecatombe masculina), mas sempre fui uma garota demasiado pragmática, pois havia a questão do aluguel e da faculdade que Alvim me pagava, sem contar as roupas de Courréges e Paco Rabanne que me trazia de Paris, assim o que eram uns penhascos e uns apedrejamentos a mais ou a menos se era tudo o que eu tinha que engolir, afinal, não eram apenas alucinações, isto é, de mentirinha?

Naturalmente, nessa fase das alucinações e do pragmatismo já não havia amor, porque eu apenas era jovem, mas não estúpida, e quanto a Alvim, este sobretudo era rico, o pai era rico, o avô fora rico etc., várias gerações sem preocupações com a sobrevivência, e isto abria um abismo entre nós. O que me permitia dar o fora sem muitos escrúpulos. Por isso, como o coveiro nos dramas elisabetanos, Alvim cumpriu seu papel introdutório e desapareceu de cena.

Então me pergunto: será assim tão absurdo intentar uma exposição de motivos, inventariar minhas escolhas, descrever como foi se estruturando um desígnio a partir de um dos periféricos de sustentação?(porra, se não é um bom nome para as anfetaminas).

A palavra talvez fosse cristalização para descrever o processo. Porque elas funcionam como catalisadores que interligam os elementos preexistentes, vinculando-se e vinculando-os entre si, promovendo uma síntese única para tornar manifestas nossas luminosas qualidades.

Isoladamente, em meio árido, são como notas mudas — nada fazem, nada transformam, não se manifestam, silêncio absoluto. Combinadas, operam maravilhas — ou catástrofes (vide Alvim).

Absolutamente não são mágicas, mas algo em mim as tornava *magnéticas* (algo a ver com o talento inato para a literatura, ressoando ocultamente do passado e já avançando para um hipotético futuro e, desta vez, como um desígnio) e eis que mil nadas existenciais — desses que a gente não lembra e jamais esquece — começaram a *fazer sentido*, saltar sozinhos, alados, vindo, um após o outro, prender-se ao bico imantado da minha bic, em fila interminável e trêmula de significação.

Que fique bem claro: não estou fazendo a apologia de porra nenhuma, até porque anfetaminas é preciso merecê-las. Mas insisto: terá esta química atuado para acelerar a revelação e o reconhecimento público duma vocação e dum desígnio, terá ajudado a liberar as forças do inconsciente para emergirem, colocando-se a serviço duma poética, terá atuado no sentido de forçar as paixões para fora do seu balbuciante elemento nebuloso?

Eu diria que sim, contudo não estava inaugurando nada, se já citei Burroughs, também penso em Edgar Allan Poe (ou no meu filtro para Poe que é Cortázar) cuja recorrência ao láudano, ao ópio, ao álcool justifica-se plenamente num poema como *O Corvo*, num conto como *Ligéia*, porque escritores precisam soltar a mão, dar nomes aos bois, sem contar que então precisamos sobretudo nos entender em questão de *centros*: se arrancar o olho dum gato é o eixo dum conto de Poe, não significa que o seu sadismo seja suficiente para produzir um conto. Toma-se conhecimento do sadismo pelas crônicas policiais, a partir daquela filmografia de quinta, mas não bastam maus sentimentos (tampouco euforizantes) para produzir boa literatura.

Já sexo não dava ibope — anfetaminas não admitem *relaxamentos* — de forma que no espírito do "vamos-logo-com-isso", no intervalo, eu perdera a virgindade com um coroa bonitão-brega-básico, desses que se bronzeiam com lâmpada, usam correntes de ouro e te cantam com sotaque carioca só para enfatizar a malandragem, principalmente se são de Araçatuba.

Então vieram os tempos da faculdade, vamos continuar acompanhando as anfetaminas e estas são acima de tudo drogas de poder, o meu número, right, baby? Aos 20 anos eu pensava que meu objetivo existencial seria ter poder sobre os homens, porque ainda não sabia, não havia encontrado (tampouco que estivesse procurando) um projeto de vida, o desígnio por detrás das minhas ações e motivações posteriores, sequer que teria algum. Tolamente me concentrava APENAS nos homens (ou seria ao contrário?).

Agora eu tinha uma certa pressa, havia concluído o segundo grau aos 17 anos, mas entrava na graduação aos 23, sempre a maldita falta de grana e o lobo na porta, a *milímetros* do pescoço.

Como Diana Marini sou meio ruim de cronologia e ordem dos fatos — malgrado tudo se ordene milagrosamente ao fim e ao cabo — mas vamos dizer que a graduação foi um alto momento sem perdão, em que me envolvi plenamente, profundamente: lá eu namorava, descobria o mundo, competia, ME inventava, estudava disciplinas tão prescindíveis quanto irrelevantes (do ponto de vista duma garota de 23 anos que precisasse trabalhar para sobreviver, notadamente pelo ângulo brasileiro da vida) como Semiologia via Roland Barthes e Saussure ou Estética I, II e III; lá pintaram pessoas como o grande D, Alexandre, Horácio Kutuzov, um carinha chamado Benjamin e, já fora do ninho, no início do crime e da vida literária, Xavier, meu guia irretocável ainda que sorocabano.

Cinco anos, puxa vida, dos 17 aos 23 eu amargara num escritório abafado, lutando numa máquina de escrever que parecia o mix duma chaleira com a Medusa. Estudei sozinha para o vestibular e entrei num dos primeiros lugares em Arquitetura e Urbanismo no Mackenzie. Não me perguntem como, levaria tempo para explicar e não estou a fim, até porque naquela época eu andava um bocado confusa. Então fui parar num nebuloso Curso de Comunicação e Artes, período noturno. E isso é fácil esclarecer: arquitetura requer tempo integral e eu tinha que trabalhar, certo?

Mas eu andava feliz. O futuro já podia começar. Bem, de certa forma. Adiava-o durante as janelas entre as aulas no bar do Zé enquanto conspirávamos contra o regime, o trânsito, os militares, nossos pais, mestres, patrões, muito marxismo e luta armada após a quinta espremidinha.

Toda nossa subversão (subversão que eu só exerceria efetivamente anos depois pela via literária) consistia em passar cadernos e livros para as biscates que batalhavam no pedaço quando a polícia baixava. A repressão comia solta e a paranóia idem. Pregávamos a greve em frente ao nosso diretório, as turmas da Engenharia e do Direito, além de remanescentes do CCC, estavam "infiltradas", até em nossa classe havia um sujeito que suspeitávamos ser do DOPS, o Muzambinha, porra, se não era nome de tira, sem contar o jeito de vira-lata manso. Nunca soubemos seu verdadeiro nome, parece que não constava da lista de presença.

Mas aquele primeiro ano eu fazia o gênero altamente magra, sempre meio bandida, meio sabida, conquanto cdf, dois terços dos mestres — todos homens, todos meio gabirus — já haviam sucumbido mediante minhas evidentes e luminosas qualidades, que o diga Horácio Kutuzov, que era da turma e meu melhor amigo e teria sido algo mais se eu tivesse permitido. Judeu-russo refinadíssimo, desses que usam *cotoveleiras*, desenham ouvindo Mozart, com quem mantemos essas conversas profundas e definitivas e intermináveis, porque ele era exaustivamente educado, como um príncipe no exílio, um intelectual de trinta anos, gênero barba-bigode-óculos e um peculiaríssimo sotaque no qual pareciam se fundir várias línguas, menos o português.

Assim como Alvim, Horácio teve um papel iniciático, um elemento de ligação entre o tango dos anos 40, meu pai, falsos desmaios em verdadeiros joelhos, flores amarelas, Buenos Aires em versão contemporânea tocada por Piazzolla (e a gravadora Pic Jazz) de quem eu acabara de comprar todos os discos e cujo tango ouvia de joelhos, o mesmo tango em rotação alterada, *twenty years after, twenty years ago*, a fusão de duas épocas numa terceira virtual, no mesmo tom daquilo que já pulsava em mim, de algo a que eu teria que dar uma voz, um rosto, uma biografia, algo que naturalmente tinha tudo a ver com Horácio, o tango e Buenos Aires, como também teriam George Raft, Bolero, sapatos de pulseira e Gilda (e a gravadora Pic Jazz).

Logo Horácio não era o caso, mas foi a ligação que favoreceu as melhores aproximações, permitindo um reajuste de foco, como o sacerdote nas cerimônias de iniciação: levou-me pela mão até o limiar dos mistérios e retirou-me a venda dos olhos.

Não por acaso, quatro anos depois, meu primeiro livro se chamaria *Tango Fantasma*, mas tudo isso ainda estava longe, eu não poderia advinhá-lo, bobagem.

Por descaminhos chega-se lá.

Evidente que eu estudava, sabia quanto custava a porra do curso, certo?

Solidariamente eu e a turma permutávamos aptidões, habilidades e falta de tempo. Estava acima das minhas forças a execução daqueles trabalhos gráficos (*feitos à mão*, com esquadros, nanquin e régua T) e quanto aos rapazes, ao final de cada aula de História, se quedavam com os olhos fixos no vazio, como quem acaba de assistir a um filme tcheco sem legendas.

Assim, enquanto eles caprichavam minhas artes finais, em dias de exame de História ou Antropologia ou Estética ou Semiótica, eu chegava a escrever seis provas dissertativas, incluindo a minha. Aquele professor pernóstico não era nada bobo, razão pela qual era preciso imitar o "estilo" de cada um. Conforme o caso, não acertar demais, errar o previsível, a ponto do mestre deduzir que, afinal de contas, o sujeito tinha se esforçado. Sempre pintava um mal-agradecido: só sete e meio? Você teve dez! Um sujeito para quem o Objetivo era o sacrossanto reduto da *inteligentsia* brasileira, seu ídolo, Roberto Carlos, as garotas eram "frescas" ou "gatinhas", seu carro, um Maverick vermelho (imobilizado na garagem por falta de grana para a gasolina, dizíamos que era o drive-in dele, ficava putíssimo).

Mas o futuro, *meu futuro*, só começou no segundo ano, dentro do laboratório fotográfico. O trabalho consistia em converter o texto de James Joyce, *Symbad, o Marinheiro*, numa seqüência fotográfica. Era minha chance. Escrevi um poema, legendando com um verso cada foto, aliás, todas irretocavelmente desfocadas. Mas tirei nota máxima. Pelo texto. Então, foi aí.

Eu poderia ter sido uma aplicada artista gráfica, afinal sempre soube desenhar, nasci sabendo, essas coisas, tipo melhor aluna nas aulas de modelo vivo — uma mulatona de olhar miasmático, seios enormes como tamarindos murchos e queimaduras de cigarros pelo corpo: esta descrição, podem apostar, supera meus mais sensíveis esboços.

Escrever não. Era uma espécie de trunfo definitivo, algo que me fazia sorrir secretamente sem mover um só músculo do rosto. Como um jogador profissional com um *Royal street flash* entre os dedos. Então, foi aí. Naquele laboratório fotográfico, o mestre atônito diante desse talento desconhecido (secreto, retifico, afinal não fazia meia dúzia de provas em menos de uma hora? Era preciso talento, inclusive para ghost. E algum speed, claro), mas finalmente fora reconhecida, identificada. Publicamente.

Daí em diante esqueci os homens, porque agora via claramente, meu objetivo existencial não eram eles, não senhor, não era o poder sobre eles, absolutamente, ia dar muito trabalho, me fora reservado algo bem mais fácil, infinitamente mais fácil, algo a ver com o *Royal street flash*, as fixações a partir do tango, flores amarelas, sapatos de pulseira, Astor Piazzolla e Horácio Kutuzov, sem contar o *Cafetín de Buenos Aires* e a poesia de Mariano Mores, *trenzas y garras* de Aníbal Troillo e José Maria Conturci, a aceleração e o coração, Alvim, Maria Madalena e os penhascos, sim, meu lance era a literatura, era ser escritora e isso *fazia sentido*, tudo ficava muito claro, claríssimo, o futuro se desenrolando agora diante dos meus olhos feito um tapete mágico, acelerado, aceleradíssimo, rápido, cada vez mais rápido, eu mal podia esperar.

II

Dez anos e quatro livros depois, o desígnio de me tornar escritora começava a realizar-se, adquiria contornos precisos, materializava-se, e esta materialização acarretou desdobramentos imprevisíveis — impossível prever se para o bem ou para o mal — mas isso não tinha importância, uma vez que eram inevitáveis.

Pois aquele elemento euforizante (aquele quinto elemento), divino, borbulhante como champanhe, experimentado nos confins dos vinte anos como estado de graça e impulso irresistível para exprimir-se, manifestar-se por escrito, uma força em movimento, uma função (ao mesmo tempo em que a poesia virava prosa) expressa naqueles momentos especialmente brilhantes, criativos, raríssimos, ao longo dos textos e sentenças e novelas, foi se materializando, se aproximando do sujeito, tomando corpo, forma, personalidade, razão de ser, um rosto, uma biografia, virou personagem de ficção e a face dominante da minha persona — agora pública, não mais uma pessoa exclusivamente privada, uma mulher particular, mas pública, com vida e obra partilhada por todos — ou seja, Diana Marini, um não-eu, um eu-também (o que diz o poema de Mário de Andrade? Eu sou trezentos, eu sou trezentos e cinqüenta!), uma hetaira de ar desprezadora, *la belle dame sans merci*, persona cuja lógica passou a dominar a realidade, *minha* realidade, e isto é um tanto desastroso, para dizer o mínimo, pelo que Diana tem em comum com Ártemis,

Astarté, Afrodite, Ishtar, aquelas deusas biscates, cruzes!, quase todas comiam criancinhas.

Por exemplo, a lógica interesseira e carreirista de DM reiteradamente me envolvia com sujeitos que não eram o meu tipo, e envolver-se com pessoas que não são nosso tipo é funesto, porque se imagina justamente o contrário, que assim se estará a salvo dos males do amor. Ledo engano.

Proust escreveu algumas coisas lapidares sobre pessoas que não são nosso tipo, por conta do seu amor insano por Albertine ou do de Swann por Odette: "Primeiro, não sendo nosso tipo, deixamo-nos amar sem amarmos, e assim nos escravizamos a um hábito que não se estabeleceria com pessoa alguma do nosso tipo que, aliás, raramente é perigosa, pois, ou nos repele, ou logo nos contenta e nos deixa, não se instala em nossa vida, e o risco e a fonte dos males não é a pessoa, é o hábito." Na melhor das hipóteses acontece uma falsa relação, que diminui e humilha a ambos, como a que ocorreu entre mim e Xavier, a quem eu chamava carinhosamente Tamarindo.

Todavia, é preciso isolar o campo para observar detidamente esta fenomenologia, reduzir a história àquele ano, àquele mês, àquele sábado, àquele momento em que minha vida estava prestes a mudar novamente, pela segunda vez.

Mas será melhor contá-lo como um sábado qualquer, o que significa contar o que acontecia todos os sábados vinte anos atrás, quando acontecia a revista literária, os amigos, a feijoada, a livraria de Assef, a paixão abjeta de Xavier por Diana Marini: cenas da vida literária.

O despertar tardio dos sábados também seria algo sempre deliciosamente solitário, pleno de bons presságios: mulheres no cabeleireiro, homens conversando fiado pelo bairro, programando o domingo e pescarias no balcão das padarias; a mesa num nebuloso desarranjo de cascas de pão, marés de nata na leiteira, respingos de café e o sol rendilhando partículas histéricas no vitrô da cozinha, nas cortinas leves sobre a pia, o cheiro de laquê e acetona subindo pelas paredes limosas do quintal da vizinha, manicure de intensa freguesia com hora marcada para as dez.

Quanto às anfetaminas, dez anos de incorporação metafísica duma substância à personalidade significam dez anos de ingestão física diária e seu elenco de males e riscos decorrentes; dez anos de uso continuado constela uma inexorabilidade vital que, por sua vez, forja hábitos, cria regras, inaugura e encerra fases, âmbitos, patamares e, a propósito, a regra número um manda impessoalizar fontes médicas e farmacológicas. Esqueça o médico bonzinho, amigo da família, o farmacêutico camarada e meio trambiqueiro, pois com o passar do tempo — e nisso aposto meu pescoço — o bonzinho vira dragão da maldade. Ao constatar tua necessidade, ele se torna um filho-da-puta ganancioso que transforma a quebrada de galho em relação de poder, tipo viciado X traficante, o que não era realmente o caso.

Essencialmente, se alguém tem algo a vender é porque existe alguém que quer comprar e vice-versa, esta é uma transação comercial de mútua interdependência *e por canais competentes*, diferente da relação traficante X viciado que acontece na clandestinidade. Usuária oficial, o caso de Diana é antes do junkie bastante modesto, literalmente o junkie careta, o que, naturalmente, é um paradoxo, mas paradoxal não é a condição da literatura?

A regra dois manda não exagerar no consumo, jamais ultrapassar o patamar de pico e nunca mixar anfetaminas com outras drogas, sobretudo as incompatíveis, tipo droga suja ou droga de sonho (como a cocaína, a anfetamina é droga limpa, isto é, droga de poder), de evasão, através das quais se abre mão do controle do ego, como a maconha ou certos ácidos, ou as que relaxam, como o álcool e, nesse caso, a associação inclui desde o simples cancelamento dos efeitos até a piração generalizada (lembram-se de Alvim?). Resumindo: se você for um junkie careta, não misture as bolas e mantenha-se na dose de manutenção, ok?

Certa vez, alguém me perguntou qual era a relação dos amigos, namorados, parentes etc., com o fato de eu usar anfetaminas: a resposta é que essa relação não existe, é zero vezes zero, nula, caput. Ou eles simplesmente não sabem, ou é bom fingirem muito bem que não sabem. Porque eu nego.

Por isso, a terceira regra é a mais severa: nunca, JAMAIS, em hipótese alguma, conte a ninguém que você usa anfetaminas, nem debaixo de pau-de-arara! Tive algumas experiências amargas about. E uma vez que referido hábito não tem características anti-sociais — até porque os efeitos não são para uso externo e tampouco motivo de jactância — então amoite-se. Porque a contratransferência na contramão, a popular cobrança, é uma merda. Psicologicamente te deixa tão *por baixo* que funciona como um anulador de efeitos (que supostamente deviam te botar *para cima*), ou melhor, é O Grande Anulador de Efeitos.

Sobre ti, qualquer um julgar-se-á no direito de tripudiar, sobretudo aquela vizinha que não bebe, não fuma, pertence à Igreja Universal do Reino de Deus, curte (nesta ordem) Adriane Galisteu, Ratinho, *barbecue* e o Padre Marcelo Rossi. Ou a filha da vizinha que há quatro anos ganhou da mãe um aparelho de caraoquê apenas para cantar catatonicamente dia após dia, mês a mês, ano a ano, a abertura do programa da Xuxa: na cultura de massa, a imbecilização infantil é um fato. Quer nasçam com 40 ou 140 de Q.I., aos oito anos todas se nivelam pelo mesmo índice de imbecilização globalizada. Ou o marido da vizinha, um fundamentalista paulistano de chinelo, cujo secreto herói cultural seria um mix de George Bush, Nero e a Cuca. Afinal de contas, todos eles são politicamente corretos e você não, meu bem.

Mas voltando aos sábados dos anos 80: quanto às anfetaminas, as predisposições não haviam se alterado na época, porque a seguir haveria aquele quarto de hora de reações em cadeia quando estaria indecisa sobre o fato de tomar ou não anorexígenos, pesando as conseqüências que, além da depressão, latejamento nas têmporas, embotamento de idéias, sudorese, tremedeira e infundadas dores-de-corno, aquilo não tiraria a fome coisíssima nenhuma *caso fosse beber*. Continuava boa a subida dos primeiros 45 minutos de palpitação, euforia, ilusão de que nunca mais precisaria ingerir qualquer espécie de alimento por via oral, salvo uma biafra rápida e junta médica.

Então decidia-se por não tomar anfetaminas (sábia decisão). Hoje não. Hoje era sábado. Hoje seriam os amigos, a cerveja, o almoço em extensas mesas preguiçosas, hoje haveriam os garçons e a incontinência renal, hoje definitivamente não.

Nosso grupo reunia-se há anos, um período infinito constituído unicamente pelos sábados vividos no interior da livraria de Assef. Chegávamos entre onze e meio-dia, denunciados pelos passos nas escadas (o lugar era mais ou menos um porão), o perfume de água-de-colônia, os cabelos molhados sobre os quais pairava uma cálida aura sulfurosa onde os vestígios etílicos da madrugada de sexta fundiam-se ao banho quente, ao breakfast com ovos mexidos e reassimilação hepática e cá estávamos, juntos novamente, camisas floridas e uma porção de frases na ponta da língua para encher o saco, nos fazer presentes e esquecer mais uma semana, porra.

Assef, por exemplo, estaria sentado desde às oito na escrivaninha forrada de contas a pagar, promissórias, imprensa marginal, correspondência de leitores, pacotes com originais, lendo aleatoriamente em voz alta desde notas fiscais a contos inéditos com o mesmo desinteresse divertido, como parte da sua (dele, escritor) ficção, como se tudo isso não pertencesse à sua (dele, editor e livreiro) realidade de segunda-feira, numa espécie de compulsão meio suicida, meio inconsciente para divertir o grupo, de resto sempre desinteressado em ouvir o que quer que fosse, a não ser uma frase mais brilhante que justificasse o início do sábado, e de preferência, que fosse a *sua*.

Junto às estantes, folheavam-se livros com uma rapidez incrível para roubar frases inteligentes, recitadas no ato com variações e piscadinhas canalhas, alertando Assef quanto ao início de tumulto. Às vezes, aparecia um comprador — estudantes de ar estúpido ou jovens mamães avec pirralhos — silenciavam os palavrões, as piadinhas, os cochichos, estabelecendo-se uma inversão acústica, que deixava Assef putíssimo, porque de qualquer forma a pessoa desculpava-se e fugia, esquecendo o título do livro, o livro e o número de degraus da maldita escada onde invariavelmente tropeçava, levando ainda por cima gargalhadas pelas costas e Assef, seus filhos-da-puta.

Acontece que Assef era escritor e livreiro, ambos pessimistas na vida real, sem nenhum senso de humor, além de ex-funcionário público, ex-repórter, mas um ótimo sujeito: possuía aquela absoluta falta de qualidades que fazia dele alguém sem defeitos. Se ele não tivesse inventado aquela revista literária, prestigiosa conquanto insolvente, aquela livraria maluca (os livros que havia lá, não encontrávamos em nenhuma outra, embora não se achasse nunca um livro específico que se estivesse procurando, e isto realmente não fazia sentido, assim como o próprio Assef e seu pessimismo ineficaz), o que seria do sábado?

    Assef na escrivaninha, atolado na papelada e numa falsa cordialidade que esses merdas vêm aqui foder meus negócios: como vai sua mulher, seu novo livro? Acenando para Leo que acabava de chegar: li uma crítica péssima no JB, guardei em algum lugar, isso é uma bagunça, não se acha nada e o outro roendo as unhas: onde? como a maldita crítica? vem me dizer e agora não sabe onde enfiou, mas que filha da boa mãe dele, olha, no Suplemento de Minas teve outra, tira do bolso e lê, enquanto o imbecil continua procurando o recorte do JB sem me dar ouvidos, bando de invejosos, estava bem aqui, eu juro, essa minha secretária, secretária? desde quando? no mês passado ele tinha uma, mas só até o dia do pagamento. Senhores, o amor pela literatura vale qualquer sacrifício: onde foi parar a porra da crítica? Escute isso: *Mito e realidade se fundem numa prosa carregada de múltiplos significados, onde o drama do homem urbano é retratado com toda a sua...* Elas são todas iguais. Menos a do *JB*, por exemplo, falou-se em aridez estilística, mas onde? Não seria, por acaso, avidez lingüística? Dá mais ou menos no mesmo, só que os leitores não percebem. Que leitores? Eu, você, Diana, mas foi uma boa idéia, Chico, dê um pulo no Freitas e diga que cá embaixo já ocorrem quatro intelectuais sedentos (tem certeza que ele falou aridez?) Cinco com a Diana, mas ela não é intelectual, não é, baby? Certamente, agora se você afastar um pouquinho seu bumbum dessa mesinha, eu poderei pegar minha carteira (porque o Chico nunca tem um puto no bolso), uma vez que se sentou precisamente sobre meu pagamento que, como pode ver, não é pouco, digo, se é que você está a fim, baby. Bira piscava para Diana e Chico, como bom esquerdinha, pegava a grana e ia para o bar, remoendo silenciosamente o despeito, retornando com o saco de papel estourando de latinhas geladíssimas. Bom garoto.

Bebendo a primeira cerveja, Diana observava Chico sempre folheando alguma publicação literalmente nanica com a maior seriedade do mundo, como se aquilo fosse Joyce, Proust ou Kafka no original, porra, não dá, concluía mentalmente, ao mesmo tempo que escutava a conversa de Assef, Bira e do Leo Despeitado, ainda com o recorte da crítica do Suplemento mineiro na mão, aguardando a primeira brecha no papo para esfregá-la na cara desses sacanas metidos à besta, mas estava difícil, jogo duríssimo, uma vez que Bira e Assef, percebendo a manobra, haviam se entrincheirado numa discussão interminável sobre a irmandade literária de Virgínia Woolf e Turgueniev, na qual Xavier, que descia as escadas pontualmente às 11h30, inevitavelmente iria enganchar:

— Agora você terá que passar sobre o meu cadáver! gritava Bira abraçado à Diana, mais para divertir-se às custas dos melindres de Xavier, o que, naturalmente, conseguia. No que este se aninhava num vão entre as estantes onde permanecia fumando placidamente, moreno, baixinho e barrigudo como um pequeno Buda sorridente e corrompível, desonestamente humano. Xavier era nosso filósofo de plantão, algo que, se tinha a ver com os papos intermináveis no boteco da esquina, por outro lado validava a iniciação, legitimando o ingresso na comunidade literária. Xavier era o fiel da balança, sempre pendendo para o lado das suas paixões soçobradas, mas de qualquer forma um fiel.

Porque Diana fingia que desprezava Xavier, que reiteradamente fingia que era rejeitado e ambos alimentavam compulsivamente um ritual circular e estúpido, este jogo sem vencedores, este cirquinho que eu desarmava facilmente, bastava aceitar, dizer sim, que me casaria com ele, que ele sumia.

Porque não se tratava de casamento, quer dizer, compromisso entre pessoas reais, mas jogo disputado por dois personagens — personas, máscaras — Xavier, fazendo a linha Servidão Humana, no papel do Professor Ratt (logo ele, que tinha tudo de Hierofante's book, mix de Centauro com Pigmalião), Diana, entre Anjo Azul e Messalina.

De forma que já não se perguntava com tanta insistência por que continuava com aquilo, porque no princípio fora o deslumbramento pela literatura (da qual Xavier seria um conhecedor profilático) mas, superado este ponto (por mim, claro, sob uma fachada de mil racionalizações e desculpas tão nobres quanto esfarrapadas, Diana Marini, arquétipo feminino e escritora full time, acreditava tanto em Literatura quanto em Papai Noel) mas em razão da sua inexperiente desumanidade, Marini sempre agia contra si própria, contudo sobrava para mim.

Diana suspirou e abriu outra latinha. Sentado num banquinho na parede oposta, Leo discorria ininterruptamente sobre seus (dele) amigos famosos, aproveitando de passagem para incluir algum lance emocionante duma minuciosa cirurgia (ele era médico) feita durante a última semana, fatos absolutamente sem interesse para a roda que fingia ouvi-lo, batendo latinhas, esvaziando cinzeiros, lendo o jornal, Assef sussurrando ao telefone, fazendo esforços sobre-humanos para não ser ouvido *deste* lado, possivelmente algum cobrador ou a ex-mulher, fodendo-lhe o sábado.

Num tilintar de pulseiras, distribuindo beijinhos, chegava Déia que apanhava uma latinha já provocando o entorno a mergulhar numa discussão meio sem pé nem cabeça sobre alguma teoria comparada de qualquer coisa. Déia: dondoca cearense sem talento, campeã de alpinismo social, ciscando na seara literária paulistana, era isso. Era só isso. Aliás, *disso* sempre teve muito: poetisas de sobremesa.

Mas as escritoras do grupo — Ciça, Diana, Ingrid, Belisa, a Arquiduquesa algumas vezes — tinham vida própria, agiam com autonomia, até porque o contexto não favorecia relações solidárias, salvo a paquera sem maiores conseqüências.

Hoje, por exemplo, Leo estaria cobiçando Diana que fingia não notá-lo, embora lhe desse corda intensamente, sabe-se lá como; a discussão com Déia absorvia as atenções de Bira e Tamarindo apenas porque ambos adoravam contrariá-la, só estavam esperando uma chance, mas fossem homens ou mulheres, excluída a cumplicidade, os amigos reunidos aos sábados juntos constituíam uma terceira personalidade que os identificava como grupo literário.

Foi a vez de Tamarindo fechar os olhos: lá estava Diana, e ele prosseguia pensando sobre a vontade que tinha de abraçá-la e estar só com ela, de relance, estilhaços do prédio da Assembléia Legislativa superpunham-se ao seu rosto, as cabines de tradução simultânea, as máquinas, fragmentos de discursos, o poder, o poder, e o império daquele rosto na madrugada onde a deixara solitária e nua e anorexígena e copinho de vodca e fora comprar frango frito.

Xavier suspirou profundamente no meio da frase de Leo, justamente a que deveria surtir efeito. Este calouse, baixou os olhos, constrangido, Xavier pousou a mão em seu ombro, não tem importância, bebi demais ontem, ainda estou dormindo. Leo concordou vagamente e levantou-se para pegar outra cerveja e um ouvinte mais atento.

O sábado afunilava-se: 13 horas. Assef ameaçando fechar a livraria, quer dizer, já fechando tudo ostensivamente, inclusive os livros abertos aqui e ali, recolocando-os secamente nas estantes, um cara dura total. Hora da discussão para escolher o restaurante que, aliás, demorava, no mínimo, meia hora, mas ressalvados *todos* os casos, aparadas *todas* as arestas, como preferências gastronômicas, limites financeiros, impressionismos difusos como aquele do Leo sobre o fato do Eduardo's deprimi-lo inexplicavelmente, talvez o rumor do ar-condicionado, a cor do lambris, decidia-se de qualquer forma.

Diana, puxando Xavier pela mão, indicava aos outros que iriam juntos, enquanto Xavier se perguntava para quê? Para quê? Num dos raros momentos de lucidez, mas Diana metera-se no automóvel falando duns colares, e agora era Tamarindo quem fechava a porta, acendia um cigarro, botava o carro em movimento, prosseguia se perguntando para quê? Para quê? Antes para si mesmo, mas quase convencido que sim, sim, lembrando o motel abafado ao som do horário político que saía dum alto-falante embutido na parede, o corpo branco e roliço ao seu lado, esquecido no sono, então ele voltava a se perguntar, para quê? Para quê? São colares banhados a ouro, Tama, se é que já não roubaram, Tamarindo, não adianta prosseguirmos essa viagem estática, essa trip maluca, mas por via das dúvidas, não beba demais, você sabe, sim, ela sabe, eu sei, todos nós sabemos que hoje não serei o escolhido, hoje como sempre, hoje como nunca, desde os bailes da adolescência fora o secreto baixinho sob a chuva esquivando-se das poças numa escura rua deserta na madrugada cheia de galos do interior, quatro, cinco horas e ninguém, nem uma mulher doce e meiga, nenhuma carne velozmente adorada, amor, amor, por isso escolhera Diana, acalentando-a antes como uma dor aguda, a mulher inatingível, impossível imaginá-la apaixonada e muito menos por ele, isso nunca, seria como largar a dor e mergulhar na burrice, pois na verdade o corpo branco e roliço, esquecido no sono, esquecido em tantas noites, tantas tardes, *realmente não estava lá*, não fazia parte do seu mundo onde só existia dor e crises agudas no peito, de forma que não, Diana não, Diana nunca, porque havia a secreta delícia de ser repelido, jamais merecer o que quer que fosse, o perfume de madressilva, o pensamento na tarde, o mês de maio, logo Diana nunca, o amor precisava deixar esse travo agudo na língua, o amor tinha gosto de tamarindo, debaixo duma carteira de escola, numa quitanda esquecida de Sorocaba.

Xavier estaria quase chorando quando finalmente estacionaram em frente ao restaurante, com a mão na maçaneta, Diana encarou-o: não tenha tanta pena de si próprio, e saiu, indo juntar-se aos outros. Tama ficou observando-os ainda por uns cinco minutos, por detrás das portas de vidro fumê: a longa mesa, garçons agitando-se, um carrossel em preto e branco que pouco a pouco começava a girar. Tama olhou a rua, o sol queimando a perspectiva deserta, lembrou-se de algo insuportável e então resolveu entrar.

Diana sentara-se entre Leo e Chico que disputavam obliquamente sua atenção; Chico, esquivo, ostensivamente proletário e vira-lata, partira para a sobra (sei que é absurdo, ninguém "parte para a sobra", mas assim se definia a atitude do Chico), Leo, fascinado por seu ego fulgurante refletido no olhar irônico de Diana. Déia ficara entre Assef, eternamente faminto e mal-humorado, e a garrulice de Bira, acariciando-lhe a coxa sob a mesa, que tinha e não vontade de encostar-se à dele, tirando-lhe a fome, despindo suas roupas, os negros olhos buliçosos pelos quais Déia nutria desejos inconfessáveis, enquanto Bira ele próprio se nutria de coisas mais concretas com pão, azeitonas, obscenidades e mão boba.

Sentado na cabeceira, Xavier sorvia o primeiro uísque: visto as coisas mal paradas, ele estava fora, como sempre. O que era ótimo, pensava Diana, ele adora cutucar essa paixão como quem cutuca o dente com o nervo exposto, e ainda afetando esse ar blasé, agora ele está dizendo que é um "coração de plantão", que ainda fará uma coluna de jornal com esse nome. Diana apertou os olhos: talvez fosse isso, o humor amargo e bonachão de Tama, que apenas ri de si próprio, que não procura compaixão tampouco angaria adeptos, que não luta porque sempre esteve e estará fodido, que é indiferente ao riso e à piedade, porque não lhe importam, nada importa, porque está ausente, em outra parte, onde tudo se resolve num círculo luminoso e inatingível de sabedoria, docemente, ternamente irônica: então fora isso que vira em Xavier.

Mas como Xavier e a paixão de Xavier não eram para ser levados a sério, não era isso que inquietava Diana, cuja vida estava prestes a mudar novamente, pela segunda vez, e isto precisava contar ao grupo, fazendo tilintar copos e colheres, e de uma vez por todas, recolhendo as atenções dispersas:

— Bom, é um fato consumado — falou Diana impulsivamente como quem teme arrepender-se — ontem à tarde, depois de uma longa e extenuante (eu não agüentava mais, vocês não agüentavam mais, meus patrões, ninguém agüentava mais) operação parafuso, joguei a toalha no ringue, me demiti, quer dizer, pedi para ser mandada embora do meu emprego. Oficialmente. Stop. Chega. Acabou-se. Puta alívio! Vou ficar me sentindo maravilhosamente aliviada por me...

— Se foi numa sexta ainda dá pra voltar atrás — disse Chico hesitante, lançando ao redor um olhar interrogativo — o protocolo não funciona às sextas nas repartições brasileiras, aliás em lugar nenhum, de forma que... — calou-se, bruscamente, silenciado pelo olhar de Diana.

— Entendemos, baby, você não está nos consultando, apenas comunicando formalmente que se mandou dum emprego estável, regiamente remunerado, onde trabalhava há 15 anos sem fazer porra nenhuma, além de cumprir um horário, redigir uma ou duas cartas comerciais e atender ao telefone. Perfeito. Estamos cientes, declarou Bira pedindo outro uísque, acenando ao garçom para deixar a garrafa na mesa.

— Quer dizer: como defender uma decisão que vocês consideram insensata? — perguntou Diana que sabia perfeitamente como se defender. — Porque o problema era esse, eu estava sendo subaproveitada, qualquer estagiária débil mental poderia me substituir com vantagens. Mês passado lancei meu quarto livro, completei dez anos de carreira literária, ora se não tinha bons motivos para comemorar pela noite e madrugada adentro, não fosse o fato de no dia seguinte ter que levantar bem cedo, cedíssimo e bater o ponto.

Fez-se um silêncio constrangedor por um ou dois minutos.

— Você está tentando nos enrolar, reagiu Assef.

— Estou, sorriu e piscou para Xavier.

— E vai trabalhar onde agora?

— Onde possa mostrar meu valor, jornalismo ou publicidade, tornar-me uma escritora profissional.

— Não seja ridícula. O único aqui que vive de ficção é Xavier: escreve todos os discursos de Sua Excelência.

Risos grosseiros.

— Você se leva muito a sério, Diana.

— Levo a literatura a sério.

— Que seja, meu bem.

— Well, ok, já entendemos.

— Mas isso não vai dar certo, é um palpite, não sei, é só um palpite — pensativo, Xavier abanou a cabeça e olhou para Bira que olhou para Leo que olhou para Chico que olhou para Assef que pediu a conta.

III

Vida e literatura não se premedita.

Se a realidade tem algum propósito secreto, cabe ao mito, à ficção decifrar seu enigma, esta é a função da segunda realidade que, por sua vez, organiza a primeira — caótica, informe, brutal, onde impera a lei do cão — desde que continuemos a viver meio alienados, meio inconscientes do fim último de nossas ações. Não é que não se deva saber o que irá acontecer, mas *saber* antecipadamente não funciona, uma vez que não dá para *viver* por antecipação. Como escrever, que não se engendra no pensamento, que se consuma no exercício que realiza a memória das mãos.

Recapitulando: aquele elemento aéreo, impalpável, fluido, borbulhante como champanhe, cuja ação é muito semelhante a da anfetamina, ou cloridrato de fenilpropanolamina, bem como do cloridrato de fluoxetina, o popular Prozac, liberador da serotonina, hormônio responsável pelo prazer, por aquele estado eternamente apaixonado, anoreticamente apaixonado e alimentando-se da própria beatitude narcísica e euforizante, aquilo que chamei quinto elemento, que está na origem das razões menos plausíveis e do impulso irresistível de escrever — manifestar-se de uma vez por todas e por escrito — materializou-se em meus personagens, mais plenamente em Diana Marini, que por sua vez, aproximou-se do sujeito (aliás, eu), extrapolou o âmbito ficcional e invadiu a realidade, extravertendo o arquétipo duma ânima devastadora e burra, que só deveria funcionar pelo *lado de dentro*, uma vez que arquétipos não servem para pagar aluguel!

Explicando o que levei anos para entender e custou-me posses materiais e algumas relações pessoais não menos valiosas: criação não rima com ganha-pão. Essencialmente é isto. Aquilo que cria não está a nosso serviço — não é um utilitário no sentido virtual — e se pretender controlá-lo, imaginando comandar o processo, perfidamente ele irá se ocultar, se transformar, brincar de cabra-cega, e por fim te abandonar, não de repente, mas pouco a pouco e de várias formas, cada qual mais traiçoeira.

Os amigos tinham razão ao prever que não daria certo a proposta trabalhista de Diana Marini no sentido de "mostrar seu valor"?

A curto e médio prazo, sim, a decisão revelou-se catastrófica, algo que ocorre fatalmente a alguém que se atribui poderes divinos, e quem ultrapassa o Métron — a medida da mediocridade — atrai as Fúrias ou Moira ou O Destino Cego ou Todas As Opções Anteriores.

A condição trágica, que no passado explicava-se pelo mito, é confirmada no futuro pela psicologia experimental.

Tá muito grego & junguiano?

Não se iludam, meus caros, e uma vez que ISTO é ficção, nem eu (sobretudo eu) sabia no que ia dar. Como não sabia, na época, que daria com os burros n'água, porque racionalmente, pela ló-gi-ca, TINHA que dar certo.

Mas acontece que a vida não é lógica. Nem justa, nem perfeita, nem ideal. E isto é algo que só se entende sentindo na pele, desconstruindo Diana Marini. Porque era preciso desconstruir Diana Marini, custe o que custar.

Para começar, nossos objetivos divergiam. Enquanto ela queria sair da ficção para viver no mundo real, eu precisava mergulhar na literatura para dar algum sentido à realidade insana, esquizofrênica, delirante. Mas de um modo ou de outro, seria preciso ajustar contas com o plano material.

Contudo:

Quem ia imaginar que o Brasil ia dançar?

Que o futuro não seria possível?

Que mudaria o espírito de época?

Na virada dos 90. Daí a decisão de Diana Marini no sentido de demitir-se dum emprego canalha, embora estável, para aventurar-se na publicidade ou no jornalismo visando "mostrar seu valor profissionalmente" ou "trabalhar naquilo que se gosta e acredita" ou qualquer outro propósito do gênero, todos muito nobres, lúcidos, razoabilíssimos, ter sido duplamente desastrosa: subjetivamente, por seu idealismo anacrônico, uma vez que objetivamente já agonizavam as utopias; subjetivamente, pela arrogância suicida em chutar displicentemente o pau da barraca, arrogância que assumiria dimensão trágica ao manifestar-se objetivamente em contexto tão adverso. Como se deliberadamente nadasse contra a corrente mesmo sabendo que iria se afogar. E para quê?

O fato é que ela já havia "provado seu valor" e da forma mais difícil, afinal não era uma escritora reconhecida? Sem nenhuma tramóia, fora a feliz conjunção dum talento e respectivo contexto histórico — a pessoa certa no momento certo, no lugar certo.

Esse erro de julgamento (dela) custou-lhe bem caro. E uma vez que os outros — os colegas da publicidade, do jornalismo, amigos próximos e distantes, vizinhos, parentes e ausentes — julgaram acertadamente, para o resto do mundo as pretensões de DM não faziam sentido. Algo impensável, tipo Dorothy Parker querendo virar Malu Mulher.

O fato é que Diana Marini lançou-se numa aventura heróica no exato momento em que, no mundo, valores como heroísmo, ideais, honra, orgulho, dignidade, solidariedade, despencaram na Bolsa (o que não significa que, a despeito da queda no plano objetivo, não continuem a existir como valores eternos no plano virtual, para o qual contingentes são os deuses, os impérios, os modos de produção).

Esta a razão do Eu Profundo insistir em sua incorporação, embora nem todos atendam ao chamado, aceitem o trágico desafio de seguir uma vocação. Se existe um plano cósmico, possivelmente a humanidade também deva fazer suas incorporações e, neste patamar, não há escolha, livre-arbítrio — o que vale para o indivíduo, não conta para a massa.

As passagens pela mídia foram desastrosas: do jornal, onde entrara como repórter especial, um ano depois saía como copy e bem ruinzinho. Contudo, fora um ou outro subeditor mais veado ou canalha ou invejoso ou os dois, ficaram as amizades, os pileques, certos vínculos da profissão que são indestrutíveis, a identidade com o ambiente, a voz da tribo finalmente reencontrada. O problema era o trabalho em si. Percebeu claramente que jamais conseguiria ser jornalista quando teve de cobrir, no mesmo dia, Sting, Zé do Caixão, Paco Rabanne e a Rainha dos Caminhoneiros. Safa!

Na agência, aconteceu o inverso: hostilidade unânime e sistemática de redatores, diretores de arte, mídias, atendimento, tráfego, incluindo boys e secretárias! Havia esquecido: publicitários não assinam, e isso deve doer um bocado, não importa quantos prêmios ou quanto dinheiro possam ganhar, a necessidade de reconhecimento público auto-sustentável fala mais alto, cala mais fundo.

Para eles, eu era o Outro, do Outro Lado do Espelho, do Lado Errado da Sorte, e eles, deste lado, do Lado Certo do Azar. Talvez meus nobres propósitos, meu auto-sacrifício (e chamar isso como?) despertasse a má consciência de quem vendeu a alma para o diabo e subitamente descobrisse que fez um negócio bastante insatisfatório. Cruzes, eles deviam me *odiar*!

Lá atrás, em algum momento, eu disse que era preciso desconstruir Diana Marini, e a desconstrução chegou ao auge com o saldo negativo no banco, nenhuma perspectiva de trabalho, nenhum biscate, esgotados todos os bicos e contatos e emprego nem pensar. Foi aí, Diana me abandonou aí, a cadela, a covarde.

Então, por entre os escombros, *meus escombros*, em meio ao rescaldo duma persona destroçada, finalmente EU pude retomar o controle, a maldição havia cessado.

Ao cabo de um ano, sabia de cor e salteado todos os sessenta e quatro hexagramas do I Ching, incluindo os nomes em chinês, associando configurações a resultados, sem contar que me tornara proficiente em astrologia e mapas astrais, tarô mitológico, baralho cigano, runas & outros: quando se perdem referências, pontos fixos, fenômenos regulares — tais como emprego com salário — e vive-se de frilas, pergunta-se aos deuses, não é mesmo? Mas este era o ponto da meia-noite, o fundo do poço a partir do qual só se pode sair subindo novamente, retornando, fazendo o balanço de uma vida.

Então subitamente as peças se encaixaram, e naquele instante compreendi por que a vida não é lógica, nem justa, nem perfeita, nem ideal.

A vida não é perfeita porque precisa incluir a imperfeição, não é lógica porque precisa integrar o irracional, mas a vida tem que ser completa, inteira, vivida na íntegra. Ela deve incluir a totalidade da experiência, do terror ao êxtase, nada lhe deve ser negado, nem o bem, nem o mal.

Se o sucesso é coletivo, o fracasso é solitário, mas ambos são verso e reverso da mesma moeda. Antes dessa fase adversa, eu só conhecera a ascensão e o sucesso, até então nada sabia da queda e do fracasso, e a natureza abomina o vazio, a orientação unilateral da consciência, algo que o inconsciente compensa extravertendo arquétipos que nos atacam pelas costas, à nossa revelia: esta é a ação da Moira.

De forma que era preciso incluir também este lado, o escuro, a sombra, equipará-lo ao luminoso, e assim o movimento escapa ao âmbito da punição, inverte a polaridade, adquire sinal positivo, porque o objetivo — ironicamente, o verdadeiro objetivo de tudo isso — é o deslocamento do centro da personalidade para outro lugar, um ponto a meio caminho de qualquer parte, parte na luz, parte na sombra e, a despeito de ser o Grande Centro, constituir-se sobretudo discreto, lateral, vago, modestíssimo.

Paz, sossega e esquece, minha arrogância, quase me levaste para o brejo.

Se deu certo chutar o pau da barraca?

A longo prazo era *o certo*, o que tinha de ser vivido para a vida se completar, o caminho que levaria à descoberta do sentido de uma vida, que por si mesma não tem sentido, a menos que decifremos seu enigma, seu mito, sua ficção.

Parafraseando Drummond, já tive ouro, já tive terras, hoje sou funcionário público, seguindo a velha e boa tradição machadiana, um lugar no mundo para viver, escrever e aprender a morrer em paz. É isso aí.

Diana Marini voltou a ser personagem de ficção, isto é, voltou para *dentro* com o rabo entre as pernas e reina soberana em meu panteão divino, ela é a Senhora da

Minha Alma, a Minha Senhora Alma (Mas-Fique-Onde-Está-Biscate!).

Ela é parte daquele quinto elemento, deslocado finalmente para o Grande Centro que palpita entre a luz e a sombra — vago, obscuro, imponderável — mas o verdadeiro e único possível. Afinal, eu o merecera, sobrevivera às conseqüências de sua busca. O meio do caminho entre nós e os deuses, ou o caminho do meio, o tao, *quien sabe*?

Ah, sim, as anfetaminas. Continuo a usá-las diariamente, 100 mg, dose de manutenção, até porque nunca se sabe, não é mesmo?

Cometa Austin

São dezessete pessoas a escrever nesta sala, dezesseis das quais me descrevem porque sou a professora-escritora-que-lhes-passou-o-exercício, enquanto eu descrevo Austin (claro que não se chama Austin, mas é que ele lembra aquele personagem alaudista de Cortázar, chamado Austin, e também o cometa Austin que a 25 de maio passou por São Paulo, cruzando o paralelo 23, latitude sul e passarão milênios até retornar) uma trinca cujas conexões lógicas me escapam, suspiro tragando sofregamente o 14º cigarro da noite pensando que este maço vai já e já para o brejo contando as pontas que restam (ou despontam) molemente do maço.

Por isso de uma forma que me é indizível (senão não estaria tentando dizê-lo) eu já sabia que o sortearia, que seria ele, mesmo antes de desdobrar o papel e abrir e ler o nome, que a mim caberia descrevê-lo, mesmo porque cartesianamente falando não posso descrever a mim mesma pelo lado de fora, sem contar que há muito passei da idade de imitar Clarice Lispector e dos mata-borrões.

Mas acontece que são quinze porque embora supostamente Austin também me descreva é o único a não observar o, digamos, objeto da composição como manda o bom senso e as regras elementares da redação.

Mas não. E não é o fato de saber-se observado com insistência por mim, a mestra, a escritora, porque sou a dona à sua frente e Austin sabe o suficiente sobre mulheres a ponto de não precisar vê-las, basta sorrir e pronto e chega.

Austin deve ter trinta anos — esta idade limite antes de ser o que se pretende e depois de ter sido o que se pressupõe, quando se supõe inatingível, num patamar de infinitas possibilidades gasosas que não mais se liqüefazem tampouco se solidificam como todo rabo de foguete, é sabido — está em qualquer putoroscópio.

Por isso tudo me leva a crer que Austin tenha trinta anos há muito tempo, tanto quanto as pernas cruzadas em elegante tensão e índigo blue; aquelas meias brancas de quem não tem problemas de lavanderia, e sapatos da moda que se trocam aos pares todos os sábados, a camisa de seda estampada e penso, é aí, mas engato a ré e acerco-me da barba (e o verbo é risível) porque uma barba cerrada embute a boca entre o queixo e o bigode, recolhendo as feições para o fundo da fisionomia (ia dizer galáxia, a coisa deve ser contagiosa) submerge o rosto na sombra, tão absorto este Austin, a escrever aplicadamente num caderno ginasiano em homenagem à professora/escritora, tão alheio, este Austin, à mulher à sua frente, ao que deveria, se é que está mesmo a descrever-me.

Os olhos são conjecturas por detrás de uns óculos com aros dourados e do ar intelectual e da barba e quantas máscaras oculta este rosto presumivelmente aos trinta anos? E o advérbio é outra rasteira pois a razão de fixar-me nessa idade, os tais trinta anos, está no fato de ser a única coisa visível para mim que o observo com irritante insistência há quinze minutos e duas ou três perguntas sem resposta na alma.

Naturalmente escrever para Austin deve ser muito importante, ainda que devesse *olhar* o que descreve, mas obstina-se em ocultar-se por detrás de tanta concentração, fixando o vazio, sem olhar para frente, para fora, para mim. Súbito se detém, a caneta em suspenso, e retorna furiosamente à carga, perseguindo o papel.

E você a julgar-se inapreensível, Diana Marini, mas me faço de surda fingindo examinar as joaninhas estampadas na camisa de Austin, enormes Marias Joanas pernejando castanhamente sobre a seda branca — posso cheirá-la, apalpá-la, rasgá-la com os olhos. De longe. A anos-luz desse Austin.

E aí está você, Diana Marini, de frente para trinta pares de olhos, de repente mais sábia e mais triste do que eles, de que terá adiantado tanta previsão se afinal você está dançando a mesma música insensata? Que fazer, Austin? Além de incorrer numa derradeira frase de efeito, acender o último cigarro e deixar-se olhar — dar-lhes de frente todo o mapa da cara para que a aprendam de cor.

O Último Tango em Jacobina

Foi assim como essas coisas que a gente não consegue explicar, sente só que fervilha e pulsa e repulsa (porque também repulsa) e por tudo isso sabe que vai acabar mal. Impossível seria evitá-lo tanto quanto suportar suas conseqüências que de certa forma já estavam contidas em sua origem, seu significado.

Falo da minha paixão pelo Mingo como algo incorporado ao porsche vermelho, até porque nada mais natural que receber essa dupla herança do velho, ele, que julgou só ter me legado o automóvel sem atinar com o Mingo para além dum mero acessório do porsche, um cara sofisticado é sempre um bocado distraído e isso não quer dizer que o velho fosse orgulhoso ou metido a besta, aliás eu teria preferido vê-lo como alguém que estivesse acima duma porção de coisas (porque aí, mesmo num andar inferior, eu existiria) do que suspeitá-lo de um outro lado, ou seja, em parte alguma.

Então me apaixonar pelo Mingo foi como sujar a memória de meu pai. Literalmente. Tanto suor, tanta graxa e aquela paixão lamacenta. Foi como matá-lo pela segunda vez eu mesma através duma dor que não poderia atingi-lo, mas matá-lo de qualquer forma, vingar-me por ter me abandonado tão viva, tão só, tão cedo e com medo de tantas coisas, justamente porque o Mingo não passava dum mecânico, baiano de Jacobina — descobri que era de Jacobina quando mostrou a carteira de identidade na padaria: uma foto amarelada a revelar contornos imprecisos do fantasma de um menino retirante do qual saltavam apenas os olhos famintos, e todo o resto boiando sobre o fundo de uma ardente estrada poeirenta, a seca de 67, pois viera de lá com quinze anos.

Mas eu vou dizer uma coisa, era um sujeito tão honesto, tão cheio de honra e dignidade que não dava pra desprezar, cuspir em cima, inventar antídotos para amortecer a dor, e dizer-lhe tudo isso agora, ainda que pudesse me ouvir, não adiantaria nada, soaria filhodaputamente cínico, essa droga toda que nos enterros costumamos despejar sobre o caixão, quando seríamos capazes de louvar o próprio capeta pela simples razão de estarmos vivos e ele morto, então não adiantaria nada mesmo, quem está suja aqui dentro sou eu e não posso sequer culpar o velho por ter amado só duas coisas no fim da vida: eu e o porsche.

Porque minha mãe não conta.

Há muito deixou de existir, cristalizada nessa dimensão cujo tempo e espaço, os dias e as noites giram pelos fusos horários do cabeleireiro, da massagista, dos chás e butiques, circunscritos à geografia dos Jardins, dos desfiles de moda que se confundem, sabe-se lá como, com as estações, mas ajuda a passar o tempo. Vejo-a quase sempre estendida num sofá de veludo vermelho onde às vezes deixa escapar um suspiro, rapidamente absorvido pela inescrutável expressão de loba entediada, imóvel como a superfície dum pântano, ou então é aquela voz rouca, sussurrante, sem modulações, o súbito rendilhado de um penhoar que desaparece por uma porta arrastando o interminável fio telefônico (porque as conversas com as amigas também são intermináveis e sempre as mesmas, labirínticas) essa espécie de fio de Ariadne que vai contornando vasos chineses, estatuetas, velhas arcas, pedestais de bronze, mesinhas chippendale, desaparecendo debaixo dos reposteiros, das pesadas cortinas que perpetuamente cerradas filtram uma fina garoa de partículas histéricas, reproduzindo essa atmosfera de túmulo faraônico enquanto ela enrola e desenrola a mesma cega meada interminavelmente retornando ao sofá e ao suspiro, ao tédio.

Na obsessão de conservar a juventude, deter o tempo, petrificou-se. Ela e suas camélias murchas, seus vestidos roxos de tafetá, suas menudières sepultadas no fundo do closet cheio de espelhos, no fundo dos espelhos.

Penso no Mingo e retorna a lembrança circular daquelas unhas sujas de graxa estendendo-se num último e inútil esforço para me alcançar, daquele olhar perplexo, da boca entreaberta numa pergunta que jamais terá resposta.

Mas não é ele quem está me perseguindo, são meus fantasmas, mas meu analista, é a mesma coisa, Júlia, e minha mãe, quando vai crescer, Júlia? E eu só imaginando o que é ser adulta afinal, porque o fato de já ter 24 anos e vivido um bocado — falo das farras e tudo — parece não querer dizer nada, não mudar nada, porque todas as farras são a mesma e única e contínua farra permanente, a rotina de quem vive perseguindo emoções e aventuras proibidas meramente por experimentalismo existencial, e tudo o mais que coloquei no lugar daquilo que as pessoas de bem chamam normalidade, e que pratico até com certo virtuosismo distraído, exatamente como o velho, como se a vida ocorresse num sonho ou num filme e eu, eu em carne e osso, ao final, ao descer a cortina, acender as luzes, eu realmente não tivesse nada com isso.

Também tem o negócio dos pilequinhos — minha mãe diz que também aí sou igualzinha ao velho — mas meu analista não, que o velho foi o velho e eu sou eu, no que estamos de pleno acordo, mas que preciso parar, no que sem dúvida, uma hora sei que vou ter de parar, só não sei nem como nem quando, é assim como uma espécie de compulsão, a gente vai ficando cada vez mais feliz entre a segunda e a terceira garrafa de vinho, impunemente feliz e livre de preocupações e futurologias e dos medos e fantasmas que já falei e além do mais duas ou três garrafas de vinho não fazem mal a ninguém, certo? Errado. Porque eu não paro na segunda ou na terceira, antes de apagar eu não paro, é isso, isso que me acende para tantas loucuras, como essa do Mingo, imaginando-me uma cortesã como a Du Barry ou Pompadour ou Milady dos romances de Dumas: devassa, suave, cruel, generosa, invejada, desejada, odiada, sempre inatingível.

Nunca me imaginaria uma rainha, são alvos demasiado expostos, não podem agir na sombra, e afinal são elas que recebem e pagam a conta da História, rainha pra ser rainha abdica de ser gente, enquanto eu, eu com meus xales espanhóis, meus caracóis, eu com minhas calças vermelhas, minhas botas italianas, meu perfume de madressilva, tão bonita, tão sexy e tão adoravelmente embriagada, sim porque precisei dumas quatro doses (quatro *boas* doses) para desencadear aquilo que entre mim e o Mingo já se arrastava silenciosamente desde a primeira vez que levei sozinha o porsche na oficina, uns seis meses antes do velho morrer, e lá estava: acanhado, respeitoso, eficiente, fugindo do meu olhar atrevido de garota mimada a ocultar a caçadora impiedosa que buscava o homem por baixo de tanta graxa, tanto suor, tanta vergonha e olhos baixos, a chave inglesa na mão, e o que ele faria se eu, a cortesã dos romances?

Mas tudo isso foi antes, antes daquele sábado de janeiro.

Já fazia três anos que o velho morrera e entre nós, entre Mingo e eu, estabelecera-se essa ambígua relação da patroazinha caprichosa e o empregado fiel, resignado ao tacão, que largava o que estivesse fazendo mal o focinho raivoso do porsche apontasse na oficina, provocando inevitavelmente a cólera mal dissimulada do patrão, um espanhol de maus bofes, notadamente pelo tom esverdeado que lhe tingia a cara, que porra, Mingo era seu melhor mecânico, ou seja, uma fonte de lucro a quem pagava um salário miserável.

De forma que eu, meu dinheiro e aquele maldito carro importado representávamos uma verdadeira subversão da ordem. Mas Mingo não dava a mínima. Sem saber, obedecia a uma força mais poderosa, talvez o despertar do escravo remoto que, cheio de estupor deslumbrado, expõe o pescoço ao delicado pé da senhora, experimentando um obscuro prazer em ser calcado e espezinhado, desde tempos esquecidos, esse falso acerto para o que pulsava e gania insidiosamente, porque também eu escrava, também eu cativa, a mim caberia erguê-lo do pó, sancionar-lhe meu abraço, arrastá-lo à suprema transgressão, uma vez que catástrofes sempre foram especialidade feminina, não? Essas eternas crianças.

"Quando vai crescer, Júlia?", como se eu pudesse fugir ao meu destino de serpente.

Naquele sábado eu desembarquei do táxi vinda de um almoço copiosamente etílico, parei na porta da oficina e vi Mingo de costas, lustrando com a estopa o pára-lama do porsche, a calça e a camisa tão sujas a ponto de não se suspeitar a cor que tiveram um dia, se é que tiveram alguma, os pés morenos emergindo como raízes de algo mais parecido a duas latas de ferro, os pés lembrando essas arvorezinhas raquíticas demais para merecerem a terra, bravias o suficiente para sufocar num vaso, que nasceram apenas para viver esquecidas em latas de folha num fundo de quintal, onde se acomodam despontando através de orifícios corroídos pela ferrugem, pelos ventos, pelo sol, derradeiras e estúpidas, sem que ninguém sequer se lembre de jogá-las fora.

Mingo parecia esses quadros abstratos compostos furiosamente por tantas camadas de manchas e borrões que não dá mais para separar o que teria sido tinta, poeira, óleo, trapos, pranto — esse coquetel repulsivo do trabalho —, provocando em mim sentimentos contraditórios que oscilavam violentamente entre a ternura, a piedade e o desejo — esse coquetel repulsivo da paixão —, e estava nisso, quando ele se voltou e me olhou com aqueles olhos limpos, a única coisa limpa naquele rosto fuliginoso, essa cor para além do simplesmente encardido, cor de quem vive por baixo do mais baixo, debaixo dos automóveis, essa pele na qual o sol só deixou seu castigo, as finas rugas em cujos sulcos se depositavam indelevelmente cinzas e pó, então meus olhos foram descendo pelo corpo anguloso, diferente da esbeltez elástica dos rapazes sarados de piscina e academia, antes uma magreza rígida, como se lhe faltasse lubrificação nas engrenagens, algo que começara com a farinha e a rapadura, evoluindo para a pinga e o prato feito no boteco da esquina, algo que simplesmente vingara, daí o recuo de animal semidomesticado, o desajeito, os maus modos perante as madamas.

    Mas eu admirava o Mingo, guru dos mistérios da máquina, o decifrador de suas entranhas de metal, das secretas leis desse universo de cilindros e eixos e mancais e made in Germany from Jacobina? Mas o Mingo é especial, Júlia/ por que, papai?/ Estou mexendo num Firebird, seu Max/ não vá queimar as asas, Mingo/ que asas, seu Max?/ Um pássaro apenas voa, Júlia.

Era um sábado de calor sem sol, tarde pegajosa de suor e brumas quentes que prometia mergulhar a cidade na noite como num tacho negro de asfalto. Mingo sorriu: tá pronto.

Entra aí, mandei, quero ver se ficou jóia.

Sorriu de volta, como quem diz que dúvida? Mas concordou relutante porque precisou de alguns segundos para compreender e assustar-se com o convite — um convite para um passeio é diferente duma volta com o freguês pra testar o carro, havia algo debaixo da minha voz, vai ver é o pileque, deve ter pensado, tentando enganar-se, tentando ainda remover os restos de graxa grudada nos dedos.

Arranquei cantando os pneus. Adoro me exibir. O Mingo vibrava com isso. Não posso precisar quanto rodamos — ingressava numa zona fora do tempo que era um vertiginoso descer e subir e mergulhar em ladeiras unânimes, cortar avenidas, verde, vermelho, frear, acelerar, o sol a desaparecer por detrás de um sub-horizonte de postes e fios para novamente arrancar e eu pensando que a cidade podia ser infinita porque a julgara apenas imensa não a cogitara simultânea, ilimitadamente agonizante — enquanto conversava sobre automóveis, a paixão do Mingo, que é falar de todos e de apenas um automóvel, fazendo uma porção de perguntas que ele respondia cada vez mais lento, monossilábico, como um animal que vai se imobilizando, como alguém que se debruça sobre um papel em branco no qual alguém escreveu uma sentença ou mensagem em código que talvez não decifre, sabendo antecipadamente que terá de cumpri-la, embora alguma coisa dentro de si ainda resista, alguma coisa cujo nome não sabe porque não sabe pensar, porque é apenas um corpo que recua.

É o freio, pensei, só pode ser o freio que têm entre os dentes, esses nordestinos, a cega e estúpida noção de honra, a desconfiança permanente, a obstinação, as rígidas leis da caatinga sob as quais sempre viveram e para além desses limites ronda a fome, a miséria, a morte, então é impossível ultrapassá-los, é inconcebível abrigar sentimentos escusos de loucura e ambição, porque são filhos do demônio, príncipe deste mundo onde tudo é maldade e ilusão, como dizia sua mãe e a mãe de sua mãe, na tórrida, esquálida Jacobina.

A mim não interessava tomar da rédea atávica para fazê-lo mudar de direção, passar de um jugo ao outro não faria diferença, ele já estava acostumado, tampouco soltá-lo de vez, retornaria ainda mais submisso, implorando pelo chicote, uma criatura abjeta sem qualquer vestígio de orgulho ou dignidade não me serviria. Para tê-lo como eu queria seria preciso corroer lentamente e em lugares diferentes a tal rédea atávica, afrouxá-la sem que desse conta, corrompê-lo o bastante para que me servisse, mas não o suficiente para libertar-se, enfim embriagá-lo com meu setenta vezes sete vezes viciado sangue latino, retemperado por dois mil anos de arenas e reposteiros, e não era tudo, ver até onde o levaria, se é que poderia levá-lo a alguma parte salvo o inferno, meu cego desejo, meu cavalo negro, enquanto anoitecia e eu esperava dentro do carro, na porta da oficina, que ele tomasse um banho e vestisse uma camisa limpa, para pagar-lhe uma cerveja.

Acomodados nos banquinhos da padaria, ele chamou cervejas e uma pinga que experimentei fazendo careta.

Ficou gozando da minha cara: o banho, a roupa limpa, o falatório dos homens, as luzes cruas e odor azedo dos estrados devolvendo-o ao seu território, àquilo que era ele, Mingo, porque talvez se tivesse enganado, tudo estava em ordem, inclusive com D. Júlia batendo papo, mas ainda tinha um grilo no carburador que era melhor ser franco, a guarda completamente abaixada e então sim, inclinando a cabeça e num tom casual:

Você me ama, Domingos? Teu nome não é Domingos?
O quê? a voz saiu embargada.
Eu também te quero, sabia?
Da senhora não sei não, sei de mim
Sabe mesmo?
Gostei de você desde aquele dia em que seu Max, desculpe,
O velho? Está falando do velho? Não pode esquecê-lo também? Quer dizer, como ele era e tudo. Aí o Grande Filho-da-Puta estalou os dedos e tudo foi para o espaço.
Não fala assim que é pecado, moça, tem que se conformar. Olha, não chora, toma meu lenço, tá limpo, tá borrando a pintura

Pára de me chamar de moça, que saco

Tá legal. Sabe que fica bonita chorando?

Sei. Igualzinho aos filmes

Que tem a ver os filmes? se estou falando...

Ok. Eu devia saber que você não vive em cinema

Cadê tempo? Chego em casa, janto e apago

Aposto que é casado

Pode apostar

Não estou vendo aliança, mas aposto

Tiro pra trabalhar, não é frescura, estou construindo casa

Legal, disse Júlia sem entusiasmo, onde?

Saca Cangaíba? Puxa, é pra lá da Penha, onde o Judas perdeu as meias

À esquerda, Júlia bocejou

Por aí, de maneira que a grana não sobra mesmo... — concluiu deixando o papo morrer, girando o copo de pinga entre os dedos calejados. Rocei neles de leve. Minha mão parecia uma ave trêmula e macia pousada num galho nodoso. Agarrou-a, apertando-a dolorosamente, assombrado com a própria ousadia, estranhando-lhe o contato menos por sua fragilidade que por algo que não se pronuncia, mesmo se tivesse nome.

Te quero, eu disse.

Atordoado, levantou o rosto, encarando-me com os olhos tão nus quanto amoras esmagadas, destroços de uma batalha travada e perdida.

Com todo respeito, posso? sussurrou inclinando-se para beijar-me. Com os olhos cerrados esperei que sua boca tocasse a minha. Tinha gente olhando mas o que importa se estava se consumando aquilo que se aproximava, a orla úmida duma praia onde me afogaria, entre algas e sagarços me esqueceria, ilimitadamente me abandonando aos venenosos repuxos cálidos, sereia amarrada ao mastro de um navio naufragado entre recifes de ulisses suplicantes, até o choque do beijo que afinal não passou duns longes de pinga e cerveja e cigarro, porque de novo a vida bafejava-me o rosto com seu hálito de pânico, de vergonha, de paixão e ultraje, sem contar o português que não se cansava de limpar o balcão pregando-me uns olhos como quem espeta facas numa parede, claro, se fosse tua filha, mas acontece que não sou tua filha, não dum cão sarnento como você, meu pai está morto e bem morto, Júlia com o rabo dos olhos viu o grupo de rapazes a encará-la como se gritassem, então sorriu: é isso, eu cortesã, eu de carne e osso, eu e meus dois mil anos, não posso me dar ao luxo... Sentiu um puxão no braço: — Que é que está olhando? Mingo, mandíbulas cerradas: — Sem essa de galinhagem, moça. Abaixei a cabeça para ocultar outro sorriso: e, por outro lado, também é isso, quer dizer, a mesma coisa, e tudo continua em seus devidos lugares. Inclusive a prostituta da Babilônia.

Lutei para meter os dedos dentro da mão que obstinadamente se trancara como uma ferramenta. Teimosamente insisti e insisti, mas não cedia.

Enfurecida, catei a bolsa, arrepanhei o xale, disposta a largá-lo ali mesmo, quando uma espécie de gancho de ferro imobilizou-me os braços, apertando até que eu gemesse:
Larga, filho-da-puta
Puta é tua mãe
E das legítimas. Larga
Pra tu aprender que não se brinca com um homem, se quiser tem que ser do meu jeito.
Então eu o encarei com um olhar desafiador que retribuiu com outro, composto de desdém, piedade e triunfo, aproveitando para redobrar o aperto. Parei. Respirei. Então fui buscar lá no fundo e vim puxando lentamente, perversamente, abrindo um sorriso cujo significado ele não atinaria nem em dois mil anos porque os homens não aprendem mesmo.
Em seguida, lá estava ganindo, perdão, rastejando, por favor, se humilhando, já passou, amor, chega a ser tedioso, pronto, pronto, e assim por mais quinze minutos, o sujo ritual da reconciliação.
Chamou mais cervejas para comemorar. Perguntei se ele estava a fim de dançar, respondeu que não sabia, insisti que ensinava, que conhecia um lugar, uma boate, cortou que estava duro, de repente: — Güenta aí, já volto, levantou e saiu. Pensei: vai fazer um vale com o espanhol, gastar o que não tem, merda de orgulho besta. Voltou: — Vam'bora. Onde é a tal boate?
Chamava-se Noches de Ronda.

Meu pai costumava aparecer por lá nos fins de noite, de certas noites particularmente amargas. Uma boatezinha decadente que não conheceu apogeu algum, o que quer dizer que sobrevivia graças a esse tipo de freqüência constituída por sujeitos de ternos puídos, manicures, putinhas de subúrbio, travestis, investigadores de polícia, boêmios manjados: a fina flor da viralatice urbana.

Mas que não deixava de ter sua poesia, devia pensar o velho erguendo a sobrancelha, olhos cerrados sob a fumaça do cigarro que ardia entre seus lábios, a sétima ou oitava dose, o dia amanhecendo e o chofer lá fora tiritando e jogando conversa fora, que diabo seu Max faz aí que só tem pé-de-chinelo, pouco antes de morrer.

Escura e atravancada de banquetas e mesinhas em meio às quais evoluíam dois garçons com surradas jaquetas vermelhas. Mais além, na gasta pista de dança, um conjunto desafinava boleros e guarânias. A grande atração ficava por conta do velho Cacho e seu bandoneón.

Carlito, o proprietário, um argentino pálido, ar vagamente vigarista, alma de anjo caído, eternamente a pendurar contas talvez por engano ou inércia ou indiferença (a muda fraternidade que une os seres das sombras) vagando como à deriva de um sofrimento esquecido que pairava em seus olhos vidrados num céu fixo de estrelas de papel laminado e dietilaminapropanilfenona, 500 cc., solução injetável.

Ola, chica — aproximou-se, um tique repuxava-lhe a face direita alterando-lhe o sorriso que oscilava entre o esgar e a careta — a noite está meio fraca, comentou como desculpando-se, porque afinal era preciso ser gentil com os distintos fregueses: Para usted, o de sempre? E o cavalheiro?

Seu olhar indiferente focalizou a figura ao meu lado. Arqueando a sobrancelha, olhou-me interrogativamente. Pisquei: O mesmo para o cavalheiro. Sorriu, compassivo, pobre chica, mais um capricho. Essas coisas ele entendia melhor do que eu. Inclinando-se, abalou atrás do garçom.

Na pista, casais oscilavam ao som de algo entre *El reloj* e *La barca*.

Nas mesas, massas mergulhadas na escuridão que a chama de um isqueiro revelava, dramaticamente e por segundos, um tenso abraço por trás de garrafas, rostos pálidos ou fatigados ou concentrados, bocas fugitivas de uma frase vermelha, o rabo final de uma gargalhada que novamente afundava no murmúrio indistinto, mãos acariciando mechas oxigenadas, uma perna de tropical brilhante sobre coxas de cetim verde, garras rubras, roxas, sardas e rugas e o brilho duma aliança numa mão peluda, corpos que se enredavam e se soltavam, sombras sussurrantes, *porque tu barca tiene que partir*, palpitantes e ainda à espreita, *hasta que tu decidas*, depois que os bares se fechassem, a vida muito curta, suas portas.

Vieram as bebidas. Mingo me abraçava ressabiado, os dedos emaranhados no xale, beijando-me como um náufrago, pobre Mingo, pensei afastando-o delicadamente, bebendo o uísque já aguado, sentindo que algo se esvaía, e minha alma flutuando ia envolver o velho Cacho aos primeiros acordes do que fora um tango muito triste e muito antigo, um tango despedaçado cuja ausência de compassos a memória preenchia.

A vaga imagem incompleta de Max, do velho, restituía-me a trêmula lembrança de verdes olhos mareados, um cravo vermelho, a mão estendida para a dama de amarelo que rigidamente teatral se deixava enredar como uma boneca.

Enlaçados, seus corpos se cruzavam com precisão cronométrica: uma parada, duas piruetas, e prosseguiam tragicamente sincronizados repisando por sobre seus passos paralelos que confluíam na figura sincopada, elaborada geometria de saltos, pernas, coxas febris, que jamais se tocavam sob pena de sair do compasso, estilhaçar a rosácea, porque o tango é o labirinto da música aprisionada em paredes mordentes de suspiros onde se desenrola a mesma coreografia interminável, alegre prisioneira da simetria liberta da esperança, enquanto o velho Cacho, deste lado da realidade, continuava tocando mais por reflexo e estertor, como se tivesse morrido momentos antes do acorde final que seu bandoneón escalava às cegas, frouxo e desgovernado, sem a alma do velho Cacho para insuflar-lhe vida.

Cega pelas lágrimas, puxei Mingo. Resistiu, não sei dançar isso. Insisti: não importa, ninguém sabe. Nauseada, atravessei a pista fugindo interminavelmente da sombra ao meu encalço, interminavelmente perseguindo aquele que estaria me esperando lá fora, no carro, na porta dessa noite amarga: *Vamos, Júlia / É cedo, papai / Venha, te deixo guiar / Por que não me tenta com uma banana? / Você não gosta de banana / Falei em sentido figurado, e não vou... / Bem, então pick-me-up, não leu Fitzgerald? / li Suave é a Noite / Acha suave essa espécie de sopa de ervilha que temos diante do painel? Estaríamos melhor dentro do livro / Mas não estamos / É, não estamos / Ok., pulei pedaços / Pena... / Não entendi o que você disse / Sabe como os americanos são sensíveis para nomes / É que não faz sentido / Então eu explico, página 257, aqui está, pick-me-up, significa leve-me com você, uma bebida.*

Entrei no carro e dei a partida. Senti o motor rugir e rugir e depois o estrondo rugoso e metálico. Continuei acelerando furiosamente sem perceber por que não se movia. Então levantei a cabeça e vi Mingo sob os faróis: olhos arregalados, boca retorcida, braços abertos sobre o capô, o corpo esmagado entre o porsche e a sombra negra do poste.

Como se tivesse caído duma cruz.

Depois foi a vertigem de sirenes e luzes e mãos anônimas que avançavam com a noite que apagou, apagou e apagou por um tempo sem resposta que já não posso me lembrar desde quando espero entre lençóis limpos e seringas hipodérmicas um amanhecer que não amanhece, que não desponta, que não esquece.

Polaris

Derek

Ainda que todos os instrumentos de vôo entrassem em pane, manteria o sentido de orientação, a orografia de vales e desfiladeiros, o itinerário impresso a fogo em seu cérebro, traçando o gráfico sinuoso de um réptil cuja cauda decolara em Atascadero, Novo México, sem escalas até Paris, Texas, a primeira conexão, e então Dallas, a segunda fora-se, porque em seguida viria a terceira que já era Miami na Flórida, e a essas alturas sobrevoava as Antilhas entrando no continente pela costa rumo ao quarto anel (a quarta conexão) que se fecharia na República das Alagoas. Derek interrompeu o bocejo, franzindo a testa: mas por que se fecharia em Alagoas, porra? Se havia outra a detonar?

Recostou-se no assento: talvez fosse o ódio a insinuar-se por baixo do sono, do cansaço, mas isso não contava, não aqui, não agora, no itinerário impresso a fogo só conta o dinheiro, concluiu Derek imaginando que a quinta e derradeira conexão seria a cabeça do dragão a aterrissar na cabeceira da pista do aeroporto de Ezeiza, Buenos Aires, às 9h50 da terça-feira, após três dias, sete horas e 45 minutos de vôo, mantidas as condições atmosféricas previstas pela torre, sem contar as conexões (mas estas previra Derek).

Porque se programara para sobreviver.

À revelia da torre e sob condições adversas, ele e a nave. Agir e reagir instantaneamente, ambos no mesmo ritmo, com idêntica precisão. Guiava-o a imemorial contenda, cujas leis implacáveis desconhecem o remorso e não admitem a clemência, a inflexível disciplina que o obrigava a tomar uma dúzia de pequenas decisões intermediárias entre uma ação e a próxima, minuto a minuto, o que significava viver de prontidão, viver no presente e eternamente funcionando, ele e a nave.

Parou de pensar, quer dizer, parou de não pensar: perdia altura inexplicavelmente.

Vega

Maquiava-se em público, pintando as pálpebras com batom, nos vales de alimentação, hotéis, aeroportos, lugares onde vivia, cais sem direito de cidadania, como de resto ninguém à sua volta e Vega muito menos, que nem tinha passaporte. Meio piranha, meio bandida, meio a caminho de qualquer parte, lendo Kerouac (ainda), passando por John dos Passos, inclusive odiando Bukowski que obliquamente a conduzira a Natassja Kinski de *Paris*, *Texas*, tão parecida com a outra Alice-no-país-dos-espelhos. Ah, sem dúvida, o mesmo cabelo louro chanel a meio perfil, a reincidência no uso de certo pulôver vermelho, tão bela e tão semelhante à Vega ou antes Vera, aliás o nome que teria, não fosse o fato do escrivão no cartório (que além de surdo, devia viver com a cabeça na música das esferas) tascar-lhe Vega, imprimindo-lhe uma estrela na testa e no Livro de Registros e Títulos do Senhor, pela qual, ao que parece, deveria resgatá-Lo até a última letra da dívida impressa na alma, pagando-Lhe dia por dia, minuto a minuto, gota a gota, até o final: pediu outra taça de vinho.

Derek

Checava os instrumentos, o altímetro baixava: 2800, 2750, 2630, a agulha do radar sumira da tela, o último contato da torre fora em Recife, mas com os instrumentos mudos impossível verificar, fora há uma hora, trinta, quinze minutos? Rosto contraído, Derek ainda tentava o rádio: Polaris para a torre, responda Guararapes, Polaris para a torre, responda. Nada. Nada.

Merda, grunhiu, olho grudado em 2300, 1900, 1500. 18h14. Hora de impacto: 18h30. Cerrou os dentes.

Vega

O fato é que vagava em círculos, não sabia desde quando, contudo sempre na cidade em que ocorria o labirinto de tempo onde cada galeria, elevador ou portaria existiam muitas vezes em toda parte, como a mesma galeria ou elevador ou portaria, então era bobagem se preocupar, enquanto maquiava-se em público, se reparassem. Naquele vale de alimentação, era a ovelha oferecida em sacrifício, naquele vale de espelhos, a duplicar todos os pecados do mundo.

Seguia augúrios, a vaga numeralogia das placas dos automóveis, os letreiros de Bayard, Amiel, bebendo Heineken, sempre em busca da porcentagem alcoólica e grau de fermentação, fumando Hilton, Picayunes (dizia que fumava Picayunes) às vezes Gitanes (às vezes esquecia que fumava Picayunes) desejando desesperadamente ir a Sevilha *because* pátios internos, vitrais, rosas, amores fatais — segundo Buñuel e em perfeito tecnicolor — mas não partira de Buñuel a ordem *Ata-me* de Almodóvar e tanto fazia que fosse um ou outro e que fossem espanhóis ou todos os homens do mundo porque soara como uma ordem, um sinal, a sentença de morte que o juiz pronunciaria cada vez que assinasse seu nome, *ata-me*, então rabiscando o guardanapo, invertendo a ordem dava *me ata, me mata, meata, amante, meta-me, temama, meta, reta, seta*, mas aí se cansava, se distraía amassando o papel, fazendo uma bolinha, mirando o cesto e zummmmmmm na mosca!

Derek

Baixar o trem de pouso, sentir o tranco, dentes cerrados, engolindo o infinito areal de fagulhas vertiginosamente as luzes da pista, a cidade, o itinerário impresso a fogo, ainda pensou, tentou e, num andar inferior, abaixo da consciência, ouviu-se dizer *a terra prometida é o corpo da mulher amada*, um décimo de segundo antes de saltar e rolar e esfolar-se no chão áspero projetando-se o mais longe possível da explosão, o clarão ofuscante a empurrá-lo para dentro da terra onde tudo é quente e escuro, escuro, escuro.

Vega

Rondara a escultura por entre as árvores da Praça Buenos Aires.

Vislumbrara-a numa dessas rotas desviadas àquele bairro de judeus encastelados em sólidos edifícios construídos durante a guerra, porque o seu dentista, judeu e velho amigo de infância, justamente acabara de montar consultório na rua Sergipe, todo decorado em gelo e azul-mariinsky (esse azul-prata-pastel do teatro Mariinsky em São Petersburgo, do tempo em que os franceses ainda decoravam teatros russos) na mesma semana que lhe quebrara um pré-molar e seu amigo judeu não era desses que deixam velhas amigas de infância sem pré-molares desde que lhes paguem em *cash*.

Então a viu por entre os verdes da praça sob o sol frio da tarde de junho, retornando por sobre seus passos, e agora sim, lá estava ainda meio oculta sob as ramagens no centro do parque onde penetrou avançando em círculos pelas alamedas, circunvagando em direção à escultura no centro do lago no meio do parque de onde pouco a pouco emergiam os torsos nus cor de cobalto, as figuras de pedra do homem e da mulher lado a lado, os braços unidos no alto erguendo triunfantes a forma pétrea indecifrável.

Rondara-a num brusco espanto interminável, cruzara-a, atravessara-a, trespassara-a, aproximando-se da beira do lago, lendo na base de pedra limosa a inscrição *Escultura do Lago* e era só e era tudo e era assim como inscrever *Cadeira* em todas as cadeiras, de forma que era estúpido e absolutamente perfeito porque era isso aí: um homem e uma mulher resgatando triunfantes das águas primordiais, elevando do profundo do mais fundo aquele peixe ou cisne vertical ou ânfora corroída da base ao cume, o tempo e o vento destruindo irrevogavelmente o que ali fora esculpido e, precisamente pelo que restara como sugestão petrificada de peixe ou ave ou nave, eternizando-se nas múltiplas formas do movimento triunfante.

Eis o cume indecifrável que as mãos do homem-peixe e da mulher-sereia sustinham, caudas entrelaçadas saindo das águas, bustos eretos, a cauda dele cruzando por trás, a dela esgueirando-se à frente e ambos se tocando no ponto de perfeito equilíbrio de base, de raiz, de entranhas submersas; da cintura para cima belos e humanos e eternos na pedra, erguendo em silencioso triunfo aquilo que podia ser um peixe ou ave ou nave destruída, e conciliando pela dupla raiz comum, de uma vez por todas e para sempre, os opostos irreconciliáveis.

Retornou atravessando a praça, a avenida, voltando pela rua Alagoas que a reconduziria de volta à cidade, aos vales de alimentação, aos elevadores e galerias onde perpetuamente é dia sob um céu sem mares, nem lagos, nem peixes, nem aves, nem naves.

Sem querer, Vega atrasara-se e já era hora de encontrar o tal sujeito chamado Derek, ninguém se chama Derek, sempre dão nomes falsos, meio românticos, meio bandidos: como se os putos fossem eles. Vega ergueu a sobrancelha: *sigilo total*, sibilara o Quantum no celular, *quer alguém pra conversar, ouça e cale, pagou adiantado. Sexo à parte, comporte-se.*

Sentado numa mesa do bar (escolhida mais por impulso que estratégia) atrás da coluna de espelhos, na rótula de vitrines em frente à Bayard — loja de artigos esportivos do tipo que assassinos escolheriam para desbaratinar o destino que dariam a tal eriçamento de facões ultra-sônicos e aljavas a laser — Derek consultou o relógio, 19h15, ergueu a cabeça e então a viu oscilando indecisa entre dois lances de escada, a ponta dos dedos acariciando o frio metal dourado do corrimão, o pulôver vermelho, os cabelos louros chanel como cortinas descerrando um rosto infinitamente doce e amargo e além da beleza contida no núcleo a irradiar toda sensualidade e desejo e felicidade.

Ela aproximava-se, avançando por entre mesas e cadeiras — longínqua, felina, perfeitíssima: Vega? — Derek ergueu-se, cortando-lhe os passos.

Sem surpresa, eu o aceitei, sorrimos, sentamos, acendemos cigarros, por entre a fumaça então o verbo tornou-se carne, Vega ouviu-se pensar como de longe, era ele mesmo, porque só podia chamar-se Derek um homem com esses olhos agudos, espreitando-a como um demônio fixo de rocha e pássaro, trespassando-a na profundidade de uma noite de dor e isso era quase tudo, os cabelos cinza, a jaqueta cinza, a calça cinza, como quem precisa apagar-se, mas ainda podia adivinhar-lhe a envergadura dos ombros, as coxas retesadas, o plexo, um bólido contido momentaneamente por um braço engessado, duas cicatrizes recentes, no queixo e na testa, do que parecia não se dar conta, mas a boca sim, os lábios inventariavam-lhe a alma, não pelo que diziam mas pelo que silenciavam, embora ele falasse e ela ouvisse, falasse sem trégua, buscando-lhe os olhos:

— Não sou assistente social, meu chapa, disse ela, irritada.

— Melhor assim.

— Nem terapeuta sou.

— Garota de programa, já sei. Uma puta.

— É isso aí.

— Até quando diz a verdade você mente.

— Olha, cara, o Quantum...

— Hermes, falei com Hermes, paguei ao...

— Dá no mesmo. Hermes porque te guia, Quantum porque me vigia.

— *Te* avalia — Derek calou-se. — Está bem, também me vigia.

— Nos guia — Vega sorriu, tomou-lhe as mãos. — Continue.

— *¿Quien sabe?* — ele apagou o cigarro. — Iam me matar em Alagoas, em Miami já teria sido uma merda, já imaginou morrer em Miami, um avião explodindo em Miami com um babaca dum brasileiro e muamba dentro, que bela merda eu seria postumamente. Um brasileiro morto em Miami está duas vezes morto. Pior só em Alagoas, na República das Alagoas teria sido o cu do cu, uma morte por nada significando nada, por uma porra duma conexão e, diga-se, eram todas ridículas, todo o itinerário: Paris, Texas, Dallas, Miami, Alagoas e Buenos Aires. Mas não se trata disso, perdi a nave. Não era só meu veículo, meu instrumento de trabalho, mas meu efetivo símbolo de liberdade. Eu a comprei e paguei, chamei-a *Polaris* em homenagem àquele foguete de John Kennedy que emergia do oceano pra destruir a Rússia, extirpar o mal sobre a terra e então todo mundo viveria feliz na Disneylândia, seria o paraíso na terra, não é? — Derek conteve o riso: — Ironicamente, como JFK e seu foguete, minha nave submergiu, caput, não existe mais, nunca existiu, aliás, era exigência dos caras, porque também tem isto, sabe? Tava implícito no acordo com os caras, no contrato não escrito onde vendi minha alma, confiei neles, confiara neles e foderam-no, foderam-lhe a nave, foderam sua dignidade, vendera *Polaris* por trinta dinheiros. — Só que os instrumentos de vôo entraram em pane, o milagre é que não vi, me distraí, dormi e fui pousar a tapa no Campo de Marte, é isso — calou-se, braço na tipóia, os olhos líquidos, essa mulher era o cão, pensava, desviava o rosto, fixando-se em Bayard.

Vega suspirou, pousou o copo, pensando na escultura do lago, no peixe ou ave ou nave salva das águas, em *Polaris*. Levantou-se, mas ele a reteve:

— Ainda não terminei.

— Está bem, continue — ela sentou-se novamente, fechou os olhos, aguardando no escuro um tempo interminável.

— Leve-me com você. — A voz dele, um sopro, não suplicava, não pedia, ordenava: *ata-me*.

Arqueiro flechado, tinha-a cravada nos olhos, a ela, a puta, a gata, a maga, a mega, a vega, a vaga, a vaca, a vulva, a alva, a seta, a meta, a reta, a rota, a roma, amor, amor, amor.

As Ladeiras da Aclimação
(Quelquepart Island)

Novamente me fisgo pensando na Aclimação, esse bairro tão próximo e ao mesmo tempo distante de tudo, ilha fora do tempo em meio a ladeiras intransponíveis. Na Aclimação ou no que restou dela para além dos conjuntos habitacionais revestidos de pastilhas azuis, lembrando monstruosos banheiros virados do avesso onde as pessoas não habitam, se debatem. Surdamente.

Para além da Japantown com suas lanternas e cortiços, a viscosa feira vermelha, sua promiscuidade por detrás de cortinas de bambu, tanto saquê e sorrisos untuosos e pequenos assassinatos, sua máfia de olhos de arroz. Para além da poluição que na verdade eu nunca soube especificamente a que atribuir, se aos automóveis, à proliferação de tinturarias, às frituras dos restaurantes ou aos coreanos clandestinos desembarcados em Santos, para além de quinze, vinte anos atrás quando a Aclimação era absurdamente (no sentido borgiano, se é que me entendem) uma ilha inviolada no interior da cidade.

Penso nas mansões decadentes cobertas de hera seguindo por ruas chamadas Esmeralda ou Safira ou Topázio ou Turmalina desembocando inesperadamente em secretas pracinhas improváveis (Brás Cubas? Polidoro?) com seu tanque de pedra, seu jovem semideus coberto de limo submerso por entre gerações de folhas mortas esmagadas por bicicletas fantasmagóricas em seu sinuoso serpentear através de alamedas sombreadas por velhas árvores silenciosas e sempre às cinco da tarde ou da manhã porque o lusco-fusco é a atmosfera permanente desse bairro labiríntico fora do tempo, parecendo se recolher mais e mais para dentro do parque providencialmente gradeado pela municipalidade para consternação dos traficantes e respectivos clientes e gáudio de tantas babás e bebês e hordas de histéricos executivos fazendo jogging já a partir das seis da manhã.

Mas isso talvez fosse literatura.

Porque se minha juventude existiu nalgum momento entre quinze e vinte anos, foi lá, só pode ter ocorrido lá, e digo pode porque não sei, daí procuro no Aurélio "aclimação": adaptação, ajustamento, aclimatação. Estranho nome para um bairro (ou esse estado de espírito que chamo juventude, essa passagem) que foi se isolando mais e mais da Cidade. Tanto quanto sei, persistem apenas duas linhas de ônibus com destino ao centro velho, de modo que se alguém precisar ir à Paulista terá que vencer a inexpugnável Ladeira Paraíso até o patamar intermediário da Vergueiro e então algum ônibus, o metrô, possivelmente um táxi, porque até os táxis não gorjeiam por lá. É um percurso curto mas intransponível, salvo se eu fosse campeã dos cinco mil metros com obstáculos, mas nunca fui do tipo esportivo, confesso, e não se pode dizer que dançar seja exatamente um esporte, especialmente se praticado de madrugada em recintos fechados.

Mas naquela época eu me obstinava, QUERIA as minhas ladeiras, o antigo sobrado em cujo terraço traseiro tomava-se sol o ano inteiro, os quartos que se abriam para a extensa varanda gradeada onde me debruçava a ouvir o seco crepitar das copas das árvores, um automóvel a cada dez minutos, o mundo turbulando nalguma parte mas bem longe, Debussy vazando o *Après midi d'un faune* pela sacada aberta para o silêncio perfeito das eternas cinco horas do entardecer ou amanhecer da Aclimação, onde o semideus crepuscular cuja face de Janus/Mercúrio simultaneamente espreita passado e futuro desse entrelugar Trimegisto chamado juventude que é só desejo que é só promessa perpetuamente a ocultar o instante que passa, pisoteando gerações de folhas mortas naquelas ruas, naquelas alamedas estáticas sob um meio-dia de dezembro ou janeiro a menos que alguma bicicleta, um rolar de patins, uma buzina ao longe, seja a nota falsa raspando o perfeito azul, a derradeira atmosfera, a falsa paz.

Mas não será preciso fazer literatura.

Se minha juventude existiu deve ter ocorrido em algum momento na Aclimação. Há um vácuo de dez anos imprecisos de dor que obstinadamente tento esquecer ou não dar importância ou querendo dizer: se a juventude foi só isso então não valeu a pena, mas algo ainda enrijece na treva e obstinadamente (sim, obstinadamente) se recusa a dizer que sim, que talvez fosse possível, que todos aqueles anos que vivi, que vivemos, porque então era o plural, que nós quatro, com aquilo que podíamos chamar família, claro que podíamos, porque foi lá que isto começou a se esmigalhar, miudamente, inevitavelmente carunchado por dentro o edifício do tempo começou a ruir, os pilares do altar onde eles juraram atar sagrados laços eternos que se afrouxaram naquele sobrado da Aclimação, assombrado já por outras vozes, outros pavimentos (may I, Truman Capote?), na mão que já não se completa em carícia, no abraço que se esquece pendente do corpo, no passo que se afasta e se aproxima, que se afasta e se reaproxima, que se afasta e desce as escadas e sai batendo a porta; no soluço enrodilhado no patamar, no tango em diagonal, em Aníbal Troillo amordaçado na vitrola, no verde que te quis Corrientes, num gato que porcelana, e no telefone tocando ainda e inutilmente num sobrado da Aclimação. Como se todos estivessem mortos.

Reflexos

(para Filadélfia Jones, onde quer que você esteja)

"Marco,
Hoje abri a janela para o domingo chuvoso e inerte. Entediada, liguei o computador onde uma jovem marquesa triste molhava a pena e começava uma carta:

'M,
Chove esta manhã. Não obstante o tempo, será impossível mandar selar Juno. Quando desci ao pequeno salão, fui informada por Artémise que Mme. Berthe mandara Lorin à Meséglise, de onde só retornará à noite. Creio não ser possível nos avistarmos no local combinado. Prevejo um serão melancólico com o senhor cura e M. de Charlus a jogar gamão e Berthe, minha carcereira, vigiando os postigos. Como sofro ao saber-te tão próximo e inatingível. Desgraçadamente, partiremos amanhã para Ostende. Estaremos separados durante todo o verão sem o derradeiro consolo de uma despedida. Nuvens carregadas me afligem com maus presságios todavia tu não mereces que te faças sofrer. Manda a razão dizer-te que

estás livre mas meu coração é teu prisioneiro. Basta por ora, meu amigo, Berthe se aproxima..."

Marco, suponho que você saiba que a carta da marquesa é essencialmente igual à minha, embora também desta vez eu me escondesse por detrás do estilo rococó de espartilho e anquinhas, através do qual todo sentimento humano soa frívolo e melodramático. Como se a autora os ignorasse quando, no fundo, tem medo. Meus múltiplos disfarces já não te divertem mais. Aos reflexos do que não sou, você responde com suas próprias imagens deformadas.

Lembro do que disse naquele dia de fevereiro — lembro-me bem porque o sol fervia e Cortázar havia morrido — obrigando-me a ouvi-lo, a te encarar frente a frente: *Cortázar que vá para o inferno! Onde está você? Está aí, e me sinto só, entende? Sei que não estou sendo objetivo, mas veja: você está em cima, embaixo, atrás, na frente, mas não ao meu lado, ao meu lado nunca.* E seus punhos esmurravam as paredes quando era minha cabeça que você queria quebrar para enfiar um pouco do teu desespero lá dentro. Lá, onde se pressupõe que viva a compreensão, lá, onde mantenho aprisionada uma andorinha ferida embora ela se debata e bata e me atordoe e enlouqueça.

Não sou a marquesa encerrada em seu castelo pela governanta, o mau tempo ou um cavalariço, nada impede que eu tire o carro da garagem, recapitule o itinerário, o traçado de ruas e avenidas que em quinze minutos me faria estacionar em frente à tua casa, debaixo da árvore de flores amarelas cujo nome não sei, buzinar até que teu belo rosto jovem apareça no terraço, rever tua expressão de resignado desgosto, te pressentir descendo as escadas com brusca lentidão, a contragosto dos teus próprios passos, que lentamente atravessariam o jardim, detendo-se do lado de dentro do portão com os antebraços apoiados na grade numa tentativa de sorriso a que os lábios não obedeceriam. Trocaríamos cumprimentos a distância, talvez eu dissesse que passava por acaso ou talvez não dissesse nada; educadamente perguntaríamos pela família, pelo trabalho, pela saúde, pelos amigos, acrescentando comentários a respeito das próximas eleições, da catástrofe do México, do último filme e até da meteorologia, sempre tão incerta, aí talvez você arriscasse um elogio falsamente bem-humorado sobre meu corte de cabelo que eu retribuiria com um sorriso complacente (aquele que você detesta) acendendo um cigarro enquanto buscavas teu maço no bolso, retesando o frágil arco do silêncio até que presumivelmente eu o rompesse com um soluço, um palavrão ou uma súplica, cedendo ao impulso de estilhaçar este muro de vidro a que chamamos realidade e boas maneiras e tanta cordialidade, para, mais uma vez, encontrar do outro lado a máscara sem rosto da tua infinita, obstinada negação.

Levanto a cabeça e, debaixo das lágrimas, vejo a chuva, o domingo, as duas da tarde: não, não sou a marquesa, não me é permitido padecer de irrealidade. Mas continuarei tentando.

Saio e ligo o carro. A cena martela meu cérebro: teu belo rosto, o desgosto resignado, um ramo de flores amarelas, tuas pernas lentamente, a tua boca, a tua boca insuportavelmente formando palavras que você não quer dizer e eu não quero ouvir, e mais uma vez o silêncio das palavras não ditas, dos gestos desfeitos, o muro de vidro que um dia atravessarei quando abandonar a marquesa, o sorriso complacente, minhas medalhas de religião, uma cicatriz que deformou minha alma, minha inteligência, minha cultura, meu saldo bancário, meu prestígio, sobretudo meu prestígio, mas que importa tudo isso se conseguir atravessar os espelhos e passar para o outro lado, para dentro do teu abraço, finalmente libertando a andorinha.

Trade Lights

Adriana,
23h00. O relógio deu uma volta completa sem que eu pudesse detê-lo, de forma que inapelavelmente é noite outra vez, ou seja, um insulto, golpe desferido à traição pelos ponteiros do relógio, bicos vorazes a perfurar-me miudamente e de vários pontos da cidade, notadamente os luminosos.

No entanto, restam-me ainda alguns ínfimos prazeres, como contemplar teus lábios quando pronuncias meu nome, traçando no ar a curva palavra de sempre. Tu, sem o saber, me devolves ao rol dos vivos, suave e abstrata Adriana, ainda a sobrescritar envelopes endereçados ao ilustríssimo senhor Raul Kreisker, num papel cujo timbre evoca remotamente uma ave (águia? escaravelho? a impressão é péssima) contudo quanto te sou grato pela delicada omissão do meu segundo nome, o ominoso Nepomuceno, omissão que não exclui a piedade, bem sei, como uma lembrança que se apaga cada dia mais um pouco, prenunciando o genuíno esquecimento, and yet, and yet...

Todavia não te parece absurdo estar escrevendo a apenas algumas horas do nosso encontro, quando o mais sensato seria recorrer ao telefone, bastando esticar o braço, usar o, digamos, bom senso, perguntar como está, se queres ir ao cinema, puxa faz um frio do capeta, tenho saudades mas não, obstino-me a não ceder ao código imposto por este objeto que muda a forma mas não permite variações do alô fatal mesmo porque o que preciso te dizer não começa assim, é um pouco como o teu corpo desnudando-se sob minhas mãos e o fato de você tê-las guiado me lembrar extraordinariamente essas excursões onde está tudo previsto, das visitas aos monumentos às gorjetas, sem contar que também tinha algo de peregrinação a santuários feita por beatas em idade provecta (imagina o teu Raul num xale trescalando a naftalina, vela entre os dedos, o transe apoplético). Como se incontáveis peregrinos não me tivessem precedido, e uma nova multidão já não pressionasse às minhas costas para cair fora do sancta santorum do teu corpo obscenamente branco e lascivo e ainda querendo acreditar ser o primeiro, único e último tolo a te possuir — eu e meus pudores provincianos, eu, o deflorado a depositar minha flor murcha sobre teu altar, esquecido que já corre o ano de 1995 DC, e do que mais particularmente me interessa, isto é, o travo amargo na boca, a contração na alma e, já que estamos no assunto, a tua indiferença é alguma espécie de distinção? É com isto que contemplas mesmo o mais ocasional dos teus amantes?

    Porque sequer isto, Adriana, não te serviste de mim, nem permitiste que eu o fizesse, negando-me a loba faminta que ronda tuas insônias, tantas vezes falamos nela como dessa culpa acorrentada que ata tantas mãos, que silencia nossa boca, esta culpa que anda por aí e que parece ter existência própria junto à trôpega humanidade da qual, se não fazes objeção, ainda faço parte.

Não negue, Adriana, havia uma sentença sobre minha cabeça — pelo arco triunfante do teu orgasmo eu não passaria a despeito das alucinadas ternas furiosas arremetidas do meu membro exausto: mais fundo te penetrava, mais fugias, me devolvendo a mim, a quem retornava ainda mais só e nu e perdido. Era como se percorresse interminavelmente um túnel ao fim do qual me esperasse uma escada que bruscamente morresse no nada, um vácuo sem chão, sem teto, sem limites previsíveis e sempre o mesmo tema a se repetir insuportavelmente nada, nada, nada.

Assim seja, Adriana, assim foi e nada (sim, nada) poderá mudar este vertiginoso martírio (perdoa esta linguagem, este devassar daquilo que, de outra forma, seria uma amálgama de sons indistintos, disto que intraduzivelmente no engolfa neste cotidiano feito de contas de luz e extratos bancários, esta hidra a que chamamos realidade, não?).

Ah, minha suave e abstrata Adriana, não premeditei este encontro, acreditarias? Que aquela noite eu quisesse unicamente a ti? Apenas não sabia ser tão tarde, tão inútil.

Sim, te dou o direito de falares em autopiedade e o mais: tens a ti mesma e ao teu querido Francisco, lá no

Midwest — aquele envelope azul na tua cabeceira, a letra era dele, não?

Depois fiquei imaginando o que poderia conter esta carta à qual sequer aludiste porque, veja Adriana, não pensas que me escapou por detrás desta dupla negação (porque antes foi teu corpo, eu ainda sei contar) do teu velado riso perverso de quem agita o osso diante do olhar molhado dum cão.

Minha dríade, se ao menos me tivesses negado três vezes eu te perdoaria, atento que sou aos passos do Cordeiro, todavia foram duas e, de resto, o que poderia esperar de ti, tão geminiana e dupla e ainda por cima com Mercúrio perfidamente empoleirado sobre o grau 19 de Gêmeos, a cavalo do teu ascendente, maldito doppelgänger, são quatro, são oito, são infinitas em tua casa de espelhos e, a propósito: qual delas é a imortal? E qual a que mente? Dos teus infinitos de perversidade... Ah, sim, as mulheres são criaturas esplêndidas, como gatos ou papoulas, guardiãs do que não sabem, feiticeiras do Grande Silêncio Estuporado, pisando distraidamente sobre envelopes azuis do Midwest, afrouxando sagrados laços impronunciáveis.

Lembra-te (e isto é uma ameaça), ainda sou o Inquisidor da Treva, o Destruidor Florido, então como negar-me a co-autoria de um ato consumado a dois? Acaso ficaste boba? Ou acaso fiquei eu? Hein? Optando pela segunda hipótese, inclino-me a confessar que me recuso categoricamente a prosseguir no papel a que a vida inteira me propus (não ria, por favor) porque afinal de contas, minha cara, falando francamente, diga-me se viver por procuração não é um péssimo negócio? Deixar que as coisas aconteçam sem jamais dar as caras (e as costas) ao destino? E, por favor, esqueçamos a demiurgia, um homem se esconde porque tem medo e é tudo.

De modo que, desde o começo estavas certa, Adriana, não havia mesmo ninguém ao teu lado. O que julguei ser um triângulo (você, Francisco e este seu criado) desabrochou num terrível pentagrama: cinco são as pétalas da rosa, os dedos das mãos, as pontas da estrela do demônio, o número sagrado de Hermes três vezes Trimegisto, quintis e biquintis proliferam nas cartas estelares de Mozart e Van Gogh (Francisco, a esta altura, estará rindo, olá, Francisco, meu velho! Tão cioso quanto imodesto do próprio talento, diga-lhe isto assim que puder, por favor. Estás autorizada a fazê-lo. Eu deixo...)

Ah, Adriana, finalmente! Como aquele sujeito que não conseguiu fazer ponto algum na loteria esportiva, posso proclamar: esta máscara tornou-se meu verdadeiro rosto! Talvez seja por isso que te desejo ainda mais, já te disse, não? Não, não disse.

Doravante tu e Francisco são para mim a mesma pessoa (por obséquio, não me interrompa) — não a contraparte masculina e feminina, não é tão simples, diria antes que ambos são simétricos: opostos, mas perfeitamente iguais, correspondendo-se num salutar intercâmbio de livros, flores do campo, rótulos de vinho, passagens de trem, postais e originais extraviados, do que estou rigorosamente excluído, salvo na condição de personagem ou fantasma ou ambos.

Não. Ele não me mandou dizer uma só palavra para que minha alma seja salva.

Treva, silêncio e o vento a agitar os arbustos em torno do parque que avisto da janela deste hotel, aliás muito recomendável para suicidas.

Lembra daquele almoço em casa de Miranda quando, na volta, nos assombrou uma sinistra construção à beira da rodovia com a tabuleta "Hotel"? Júlia foi a primeira a falar: "Lugar ideal para suicídios. Principalmente por causa da placa. Está claro que isto é um hotel. Tão absurdamente hotel que o dono nem precisava comunicar-nos por escrito, o mesmo que botar placas explicativas em tudo, como mesa, cadeira, poste, Raul." Rimos. Tu, Belisa, Francisco e até a arquiduquesa-ao-volante que no seu afã de arquiduquesa voltou-se toda para o banco de trás, permitindo, ato contínuo, que o automóvel coincidisse com uma valeta pouco menor que a fossa de Mindanau. "Par délicatesse ainda vai matar a todos nós", gemeu Belisa que abomina qualquer entidade ao volante. Lembrei: "Nos romances ingleses do século XVIII todas as estalagens se chamam Star and Garter", e Belisa, "e todas as matronas lembram um pudim de franjas", e Júlia, "já *Ulisses* é infinitamente chato", e provocando Francisco:

"Também detesto Virgínia Woolf. Consegue ser ainda mais chata. Quando as mulheres entram numa parada, ganham longe...", donde se seguiram quarenta e cinco minutos dum implacável e minucioso elogio do *Passeio ao Farol* (só agora percebo no nome um presságio) até porque Francisco sempre morde a isca, tendo a bondade de nos excluir da conversa, dirigindo-se ostensivamente à Belisa e à arquiduquesa que concordavam entre divertidas e irônicas, já esquecidas do "Hotel", embora Júlia e seu olhar cúmplice me fizessem saber que não, que nada seria esquecido.

Uma última inconfidência, minha pomba: quem é Maximilian? O nome cem vezes garatujado naquele teu caderno ginasiano? Teu novo amante? Não te preocupes, nada direi a Francisco, e mesmo que o faça, tenho impressão que nem ouvirá, ultimamente suas cartas mais parecem esses diálogos de surdos.

Na última falava duma luz azulada ou melhor, absolutamente não falava de luz alguma, contava uma história de fantasmas ou algo assim, todavia quando terminei a leitura, a atmosfera estava embebida de saudades e tristeza e desolação e todas essas palavras cujo frio espectro envolve o sofrimento de alguém mergulhado no azul longínquo das pradarias do Midwest.

Então era quase natural que eu me sentisse como Jay Gatsby, como alguém a cumprir uma invisível lei não escrita, precisamente como Gatsby ao divisar, pela primeira vez, na luz ao extremo do ancoradouro, o farol do destino.

Ele (assim como eu) viera de muitíssimo longe e seu sonho, naquele momento, deve ter-lhe parecido tão próximo. Ambos, ainda que em extremos opostos (talvez minha luz fosse azul e não verde como a de Gatsby) acreditamos na luz distante, num esplêndido futuro que, sem saber, ano após ano, nos afastava um do outro (a mim e a Francisco) obrigando-me incessantemente a retornar, voltar ao passado, refazer o sonho gota a gota, tentar possuir uma mulher ou outro homem quando é por ele, apenas por ele, unicamente por Francisco que meu corpo arde em febre.

Exatamente como Gatsby: eu e meu segredo, eu e meu destino, minha irremediável servidão.

Eternamente seu, Raul K.

Primeiro Dia de Aula

Saia marrom, camisa bege, meias três-quartos de lã, mocassins com sola de borracha, trança loura na cintura arrematada por um laço de seda. Idos de fevereiro, final de um verão impiedoso, mas Júlia tremia.

A aula começaria às 13h30. Ao meio-dia almoçaram ouvindo a *Parada de Sucessos*, cujo prefixo, *St. Louis Blues*, a orquestra de Glenn Miller desfigurava com um arranjo estupidamente marcial, o locutor mandando sua saudação para os céus do Brasil, meio sorriso irônico de seu pai: persistiam os cacoetes de após-guerra?

Saíram, Vivien com Amanda no colo, na retaguarda, Álvaro e Júlia na frente. Com *As lavadeiras de Portugal* zumbindo estupidamente em seus ouvidos, a menina esforçava-se por acompanhar os passos do pai, orgulhosa por andar ao lado dele, ocupar o lugar de Vivien, a carinha na altura dumas pernas impecavelmente vestidas de tropical inglês, mais acima, advinhando gravata de seda azul com o prendedor de ouro e madrepérola, os cabelos esticados resplandecendo de brilhantina, porque ele gastava uma fortuna no Minelli, dizia sua mãe: quem seria o Minelli?

A menina evitava os verdes olhos mareados do pai, recebia um sorriso condescendente, ligeiro alçar de sobrancelhas: ria dela? Era parecido com Tyrone Power, mais ainda com Lewis Howard em *Ricardo Coração de Leão*: ande, Júlia, não aperte tanto minha mão, ele não ia fugir.

Na esquina, ele fez sinal para um táxi, acariciou-lhe distraidamente os cabelos, entrou no automóvel e partiu. Júlia prosseguiu com a mãe e Amanda. Não lembrava o trajeto, apenas o sol implacável, o uniforme pesado, o suor e as lágrimas molhando o rosto torcido pelo choro. E Vivien: não seja boba, Júlia, ela não pudera estudar em colégio de freiras. Apesar da chupeta, Amanda choramingava no colo. No pátio, a madre superiora: sua filha tem cabelos lindos, qual é seu nome, meu bem?

Então tocou o sino. Já era o sino, um latido metálico que ouviria durante doze anos. Agarrou-se às saias de Vivien soluçando aquela palavra que contém todas as súplicas humanas: mãe, mãe. Mas esta enrijecera cerrando os lábios e se afastara sem olhar para trás, embalando Amanda que chorava aos gritos pela irmã. Júlia misturou-se às outras medrosamente aproximando-se com infinitos de temor e esperança. Então foi aí. Uma delas apontou-lhe o rosto: o que é que você tem na boca?

Era uma cicatriz no lábio superior. Pais, tios, avós, primos, ninguém parecia se importar com ela. Ou apenas estavam acostumados? Afinal não estava lá desde que nascera? Por isso era tão mimada? Porque talvez fosse por isso que Vivien chorava em silêncio e Álvaro saía batendo a porta ou então mandava-a calar-se e beijava-a e trancavam-se no quarto por um tempo enorme e Amanda ainda não era nascida? Então era isso? Então era ela?

As crianças cercaram-na: pilhas de caretas hediondas curiosas espantadas, murmúrios, frases que morriam ao chocar-se com o cordão avermelhado da cicatriz enquanto Júlia recuava encolhendo-se para dentro dum limite de si que até então desconhecia. Inesperadamente as outras afastaram-se, isolando-a junto à paineira, recompondo-se em grupinhos cochichantes que espreitavam, irrompendo em risinhos agudos. O espelho fora colocado, o mundo a reconhecera e selara sua sorte: ela seria uma solitária.

E Júlia ficou só naquele primeiro recreio recostada ao tronco da paineira florida e, soluçando como um animal ferido, começou a odiar aquela paineira, uma a uma das suas flores, todos os seus odores, o vento que salgava sua boca com a poeira dos rodamoinhos que pés velozes levantavam, correndo, saltando, batendo pegador: fugindo dela.

Odiar o manto das freiras perpetuamente agitado numa ameaça de vôo, o toucado branco rígido onde um crucifixo com um Cristo de prata balançava e batia e batia em corações sem resposta. Odiar e jamais esquecer os ladrilhos e os corredores, sua fatigante e inextricável simetria, cacos do caleidoscópio, não, da rosácea petrificada do caleidoscópio da dor.

Naquele dia conheceu sua orfandade e compreendeu que viver é um inferno. Sem espanto, sem desespero, quase com serenidade, talvez com secreto orgulho, e então com perversa alegria: Júlia só teria a si mesma, de modo que estava tudo certo, estava tudo em paz. Às cinco horas, sua mãe lá estava, esperando-a no portão.

Levou outra menina para casa.

Horizontes

porque sou eu quem vai ao encontro do destino que mora — e continuará morando, esperando — no Paraíso. Mas eu fui e voltei. Eu fui ontem e seriam 23h58 nos relógios da Paulista, 23h55 no farol da Casa Branca com Peixoto Gomide, porra, deviam estar andando ao contrário, contando o tempo que perdi ou já passou e então devo estar um bocado atrasada para desmanchar esse cirquinho que já se armou antes, muito antes que os relógios da Paulista começassem a contagem regressiva apontando o sentido desse passeio noturno à tua casa, Marcos, desse desvio, porque sou eu quem vai ao encontro do que praticamente já rodou, o tal cirquinho que se armou com unhas e dentes, embora você me recebesse como se já esperasse, você também tem um faro de perdigueiro, meu chapa, I know, I know, você comendo e falando sem pausa para respirar, me deixar falar aquilo que eu vim para te dizer, que não somos nós, não há nada conosco, ok, não precisa embarcar no meu sonho, você não tem que se arrebentar junto, você não precisa sofrer, eu tentando falar e já sentindo piedade daquilo que falava ou tentava falar e também daquilo que comia e não ouvia, repetindo de orelhada o que alguém te orelhou, ora se esse não é o gancho perfeito para o teu melodrama espanhol: uma mulher ansiosa por volta da meia-noite passando nesse teu apartamento que tem um vaso com uma arvorezinha seca com uma bandeirinha vermelha plantada na terra seca escrito Bem-vindo a Parati e observando esse teu apartamento tão pequeno, tão 21º andar, tão bloco C, caixinha de fósforos pairando no oceano cleptomaníaco dessa Cidade que não é para quem não pode conquistá-la com unhas e dentes, de maneira que então fica aí como quem comprou uma vitrine de doces para ficar do lado de fora, o nariz contra as luzes refletidas lá embaixo e isto, Marcos, isto me deixa tão triste, bem-vindo, welcome, mas você sem essa de welcome contudo botando filhodaputamente uns cds com aquelas músicas tristes e úmidas e burras e relembrando (reminds) aquela noite em que você botou os mesmos cds úmidos e burros e tão Philip Glass, percebe como a armação desse teu cirquinho é maluca? Roda, gira, sofrendo antecipadamente de saudades da mulher que você vai mandar embora eu esteja na tua frente e de touca, da mulher que você ama desesperadamente e sofrendo na minha frente, como se eu já não estivesse mais ao alcance do teu abraço, essa mulher que precisa beber para trepar, foi o que você disse subitamente desviando o rosto e já se sentindo como um vômito, mas eu ainda estava de touca e inocente e parada na sua, só que você já tinha dado o pira, a alma e o coração para Parati, enquanto eu tirava a roupa, deitava ao lado de você que já dormia tão distante, lá longe, em Parati, virado para o canto. Como antes. Como sempre. Como toda noite, até amanhecer. Daí eu levantei e me vesti e disse sim, você fez o possível, amor meu, só que eu não programei não engendrei nada disso, foram os relógios da Paulista que marcavam o tempo ao contrário, estavam andando de costas, como se não se importassem para onde iam e sim onde estiveram, então encontrei aqui o cirquinho armado para amanhã, de forma que flagrei o destino 24 horas antes: estava marcado para esta noite, eu na frente do tempo. Sim, Marcos, muitos problemas, meus e teus, individualmente, não nossos, claro, claríssimo. Mas os problemas são como velhos aquecedores: funcionam muito bem até o dia em que explodem na tua cara. Tique-taque, tique-taque, tudo ia tão bem, tique-taque, tique-taque. E ele, você não arruma nada, não tem estrutura, joga tudo pela casa, você não tem modos e eu, calada, e ele, você não tem grana, você só tem pose, e eu, enumere, vamos enumere, se não você cai, então diz, por que não diz logo na minha cara, e ele, misterioso, não antes dessa noite, e eu, mas acontece que meu coração também está marcado para esta noite. Estava, quero dizer. E ele, você não tem outra coisa na cabeça, garota? Não, não tenho saco, é isso. E fui descendo, os olhos mareados, porque não posso, porque não devo, não quero, não preciso, porque meu coração não está marcado para hora nenhuma, meu coração a ti pertence e às nove da

manhã fiz sinal para o Vila Madalena, subi e então vi aquela muralha de corpos e bancos na minha frente.
    Como um horizonte de marcos.
        Ou cruzes.

Três Novelas

Exercícios Para o Pecado

"Oh, coração meu, não te levantes para testemunhar contra mim."
Livro dos mortos.

I — Um Homem Solitário

Johnny Marca Um Encontro

Eu sabia que frei Nagib era um homem solitário, apenas não podia imaginar quanto. Pelo menos foi o que deu a entender Johnny quando me telefonou da redação. Frei Nagib era o chefe dele: "Você só tem de apresentar o Kojima pra ele./Não sei, o japonês é mais escorregadio que um peixe chinês, santo Deus, se isso é possível. Esta semana pode estar aqui, na outra... pense qualquer lugar./Não tem importância (Johnny era do tipo ansioso — além do que o frei devia andar no rabo dele — mas persistente. Eu gostava dele. Bom amigo, o Johnny) Insistiu: "Marque qualquer dia, mas fale com Kojima./Não garanto nada./Certo, então está combinado./Tem certeza que Nagib.../Tenho, não sei quem meteu na cabeça dele./Vou dar um jeito. Por você, é claro./Que merda, o turco cismou com Kojima, mas é muito tímido, você sabe /E muito solitário, também sei./Não enche. Marque um jantar./Melhor no apartamento da Nora./Que Nora? Que apartamento?/Bom, não interessa. O Kojima está morando lá no momento./Sexta-feira?/Não prometo nada. Confirmo depois./Quando?/Quando pescar o japonês./A objetividade não é exatamente o seu forte, sabia garota?/Garota, essa é boa..."

Mas essa foi só uma parte da conversa, digamos, um rabo, pelo que não dá para adivinhar o animal que acabou de passar pela janela.

"Poesia lírica", explicou Johnny dias depois na minha casa e me encarou com uns olhos que pareciam ovos duros. Se risse levaria um soco: "Ninguém sabe que o frei é poeta", disse como que passando uma informação ultraconfidencial. "Possivelmente nem ele...", comentei mas Johnny fingiu não ouvir. "Uma edição simples e requintada. Só Kojima faz isso, só ele é tão louco, esse cruzamento de kamikaze e editor..." Sorri: "Nem tão louco, quem vai morrer com a grana é Nagib.../Grana não é problema/Mas você não vive dizendo que ele não passa de um turco pão/Por isso mesmo", cortou, "guardou o suficiente pra pagar o sonho. Sabe quanto vale um sonho, garota?", e os olhos de Johnny se tornaram oblíquos, sempre se tornam oblíquos, quando encaçapa uma boa frase. Esta, por exemplo, que parecia ter exumado de algum musical da Metro dos anos quarenta, era perfeita para despertar velhas e surradas emoções cujo efeito nos atinge como um soluço naufragado em qualquer banheiro dos quinze anos, lasca de 78 rotações por minuto que nunca mais poderá ser ouvido mas o fato é que os sulcos da melodia contendo o guinchar dos metais, a voz enrouquecida de uma Easy Street continuam no vinil, fragmento de universo que tentamos reconstituir na lembrança e o resultado são mais estilhaços, nunca de novo por inteiro, nunca outra vez, nunca mais uma vez como emoção (lembra-se, Johnny?).

Sim, eu sabia quanto valiam as lacunas de um sonho. Então, liguei para Kojima. Foi surpreendentemente fácil e rápido. Em quatro lances, estava liquidado: "E as condições?/Em primeiro lugar, a tua presença./Quanto a isso... Sexta às nove?/No apartamento. Depois, jantamos."

Kojima

Eu conhecia Kojima há uns três anos. Três anos, três meses, três dias. O tempo não quer dizer grande coisa quando se trata de alguém como Kojima, porque ser introduzido no verdadeiro conhecimento de Kojima significa ser antes insidiosamente penetrado por uma fina agulha de ouro: precisa, delicada e quase imperceptível é a picada se permitirmos que navegue em nossa corrente sangüínea seu insidioso veneno.

Aparentemente um tipo comum de imigrante japonês, magro o suficiente para não parecer tão baixo, rijo o bastante para que a leveza de porte e gestos não fosse confundida com aquela outra coisa que, às vezes, um homem não tem entre as pernas, qualquer idade entre vinte e cinco e cinqüenta anos, a larga face mongólica a abrir e fechar instantaneamente um meio sorriso, como uma objetiva, que de repente já é um muxoxo que pode significar desdém ou alheamento ou nada.

Nunca consegui avaliar suas convicções e seus conhecimentos e também isso não importa: onde quer que estivessem, Kojima se espraiaria tão suavemente como espuma acariciando nossos pés, tão inesperado quanto um reflexo, um último adejar avermelhado na vidraça, quando então o mundo parece acordar, se o juízo não nos dissesse que, de fato, está adormecendo. E essa impressão não nos assusta ou atordoa, ao contrário, nos encanta como toda subversão da ordem, vertiginoso instantâneo da loucura a atravessar a realidade (como uma fina agulha?) por milésimos de segundo, derradeira dádiva de um dia que já acreditávamos morto.

Então Kojima era mais ou menos assim, mesmo levando em conta um alcoolismo crônico, os sucessivos casamentos absurdos, a incrível capacidade de desaparecer como um mestre do *aikido* notadamente dos credores e porque, acima de tudo, algo tão diáfano só podia mesmo ser insolvente, eu me arriscaria a definir inviável, não fosse o fato de ele existir flutuando sobre um líquido extremamente volátil em cuja composição entrava o mito em torno de seu nome e vários litros de uísque. Um duende oriental, flexível como um junco, secreta e imponderavelmente irônico, evasivo e receptivo, abstrato e amoroso, algo que quando nos roça nos deixa imensamente felizes antes de percebermos que é como água entre os dedos, que nada nos deixou, se é que nos tocou, e então tudo terá sido um equívoco, todavia é impossível exasperar-se com ele: seria irritar-se com o vento porque nos despenteia.

A Secreta Veia e a Cauda Peluda

Logo, Kojima não me preocupava.

Eu pensava em Nagib. Johnny me contara algumas histórias nas quais eu acreditava apenas em parte, descontando a delirante imaginação daquela espécie de Peter Pan gigante. Uma delas falava de kombis lotadas de prostitutas: as festas-surpresa que Johnny organizava nos aniversários de Nagib, e que essa era a melhor maneira de untar suas mãos.

Como ligar esse sujeito tão tímido às kombis cheias de putas embriagadas, balindo com seus decotes de cetim verde, espalhando lantejoulas, arrotos, palavrões e perfume ordinário? Johnny parecia louco, às vezes: unir na mesma pessoa o solitário com sua secreta veia lírica e o poderoso editor-chefe de um jornal de escândalos, a maior tiragem do país e a exata medida do inconsciente monstruoso, da cauda peluda da população.

Certa vez um amigo do jornal profetizou que se fosse deflagrada a terceira guerra mundial a hecatombe seria relegada ao mero segundo caderno pois os estupros, latrocínios e crimes passionais, dentro da verdadeira e natural ordem das coisas, continuariam na primeira página — a porta escancarada da realidade, essa divertida e absurda mentira que ocorre tão perto, mas tão perto que realmente não é possível porque os quintais de Osasco parecem muito mais longínquos que o Estreito de Ormuz.

Quer dizer, tudo muito maluco e contraditório, as kombis, a bomba no terceiro caderno, putas e sonetos, podia ver os punhos de Johnny se retesarem, enfiados nos bolsos da jaqueta de couro naquela tarde em minha casa, olhando pela janela uma espécie de outono fumarento e evitando me encarar, porque podia *apalpar-lhe os pensamentos como o meu braço esquerdo, o braço branco e delicado dessa mulher que se prepara todos os dias para o suicídio, então todos os suicídios. Essa mulher que vai se meter com ele pela simples razão que esta é mais uma das formas de morrer, as histórias pouco lhe importam, servem para diverti-la, aguçar sua curiosidade, mas serão esquecidas quando tirar suas próprias conclusões da única maneira que sabe fazê-lo, que é cheirando e apalpando aquele pacote de carne podre e sua alma danada.*

II — O Poeta

Johnny Guitar

Na sexta, Johnny passou lá em casa às 8h30 puxando um baseado. Os vidros do automóvel, hermeticamente fechados, concentravam aquele cheiro de capim novo que queria dizer Johnny, o garotão selvagem, de uma beleza rude, desalinhada e buliçosa de filhote de urso. Parecia um irmão mais novo demasiado crescido, ignorante ainda da própria força, dotado desse ímpeto protetor, primitivo e avassalador, cujos resultados às vezes são desastrosos para os seres protegidos, mas que me deixava com os olhos úmidos e me sentindo uma víbora peçonhenta.

E era evidente que Johnny iria me proteger no exato segundo em que Nagib deitasse os olhos sobre mim. Johnny era leal ao seu chefe na razão direta do seu ódio, esse ódio secreto que todo filho alimenta pelo pai e que a mordaça da culpa impõe obediência, o servilismo canino, e quanto maior o ódio, o desprezo, a vergonha, maior a servidão.

E Nagib era um pai desprezível para Johnny por vários motivos, nenhum pior nem mais terrível que aquele da origem miserável, porque Johnny farejara o cheiro de ralé ao observar, por exemplo, que o sujeito deitava gelo no copo de vinho, mas determinava o destino que justamente fosse este sujeito quem dispunha os zeros à direita do saldo da sua conta bancária, e escrevia o nome no rótulo da sua garrafa de uísque, e Johnny não podia esquecer essas *coisinhas*. Viera desse tipo de família burguesa que engancha a vida no rabo do dinheiro, e ele, mesmo na terceira geração, se debatia entre o desprezo desses valores (porque afinal de contas os livros lhe haviam ensinado outras *coisinhas*) e a boa vida.

Sugando com ardor o toco de baseado, porque sofria, Johnny estabelecia uma trégua. Uma vez que sofria, racionalizava, acendia outro, o turco vai te atacar, me provocava. Johnny gostava de mim, era meu amigo. Há muito tempo e para sempre, me delegara uma parte de si mesmo e essa parte, ou que fosse um ínfimo dedinho dessa parte, não dividiria, não poderia, se ainda quisesse continuar olhando a mesma cara no espelho.

Um Envelope Pardo

Nós o pegamos na porta do prédio, um dinossauro recoberto de pastilhas cor-de-rosa dos anos sessenta, atravancado numa estreita travessa da cidade velha, entre uma padaria e um inferninho.

Baixinho, moreno e fuliginoso, vestindo uma surrada japona azul-marinho que parecia do Exército da Salvação, entrou no automóvel apertando o envelope pardo contra o peito como se um desastre lhe tivesse arrancado o coração que, resgatado entre as ferragens, agora carregava, cheio de dores, no trajeto até o hospital.

Sentou encolhido no banco de trás, ocupando o lugar de ninguém, a cara cinzenta relampejada pelos reflexos de néon escondendo e revelando a tensão de um sorriso do qual iam pingando numa voz grave — como as primeiras gotas de um temporal, pesadas, grossas e cheias de vapor — tensas palavras de cordialidade mansa por entre o surdo rumor inarticulado da tempestade.

Respirando o perfume ordinário que agora predominava no ar, expulsando o odor da marijuana pelas janelas abertas — Johnny também abrira os quebra-ventos com a habitual violência descuidada — me olhando de soslaio menos pelo cheiro da erva que por este outro instalado no banco de trás e nas suas narinas, voltei a pensar no que sentia sobre a ralé e tudo o mais.

Afinal Nagib poderia comprar a lavanda mais inglesa da Old England, só não o fazia porque não sabia o que tinha entre os dedos ou talvez o soubesse demasiado a ponto de tê-lo deixado pelo caminho, o longo caminho que percorrera desde a remota cidade do interior, palmilhando a marmita, a pensão, o café de copo no boteco da esquina, tostão por tostão nunca seria o bastante para resgatar gerações de miséria uma vez que a miséria se acostuma consigo mesma e o dinheiro que era dele porque ganhara e acumulara e possuía no banco continuava a ser uma entidade tão abstrata quanto aquela com que sonhara trinta anos atrás à beira duma auto-estrada, quanto aqueles poemas apertados contra o peito, quanto seu negro coração murcho e conseqüentemente quanto eu mesma, Miss Diana Marini.

Peixes Exóticos

Em torno de um galão de uísque, éramos quatro sentados ao redor da mesa com tampo de vidro a observar através do cristal nossas pernas evoluírem flutuando como peixes exóticos no tanque de álcool onde Kojima nos mergulhara batizando-nos, e este segundo nascimento impregnava cada quadro, cada objeto, cada planta até os recantos mais íntimos e insuspeitados do apartamento.

Estávamos muito bem, examinando os últimos trabalhos editados por Kojima. Este os depusera sem comentários sobre o vidro translúcido, apenas sorrindo, gentilmente abstrato, porque não era preciso: os formatos inusitados, a impressão elegante, a beleza delicada das gravuras, o agradável equilíbrio entre os espaços em branco e o texto, além de outra coisa que não aparecia, mas se tornava evidente: não importava quem fosse o autor ou o quê escrevesse porque aquilo acima de tudo era Kojima, sua marca registrada e seu conceito, não de literatura, mas a matéria posta em prática de sonhos sonhados por outros a qual insuflava vida com seu hálito suave, remotamente ácido e misterioso.

O envelope pardo surgiu sobre a mesa. Levantei o rosto, fixando Nagib. Este mantinha os humildes, medrosos olhos baixos pousados nas folhas que retirava do envelope e passava a mim, eu, a ponte, a etapa intermediária entre ele e Kojima, e agora eu lia, percorrendo o texto com os dedos para pontuar a atenção dispersa, os cinzentos blocos datilografados, mas algo ainda obstruía minha compreensão, tão doloroso me parecia o lento e obstinado pulsar daquele coração encolhido, turvo, machucado, ou talvez a piedade, a embriaguez, a quarta dose obscurecessem o senso crítico, a rima e a métrica, o ritmo e a qualidade das metáforas, fazendo com que percebesse, com a lucidez das coisas às quais não se consegue dar um nome (porque lá embaixo ele não se pronuncia) nada além de imagens longínquas de impulsos mutilados, a amargura, a falsa crueza ingenuamente sublimada de tantas coisas socadas e arrolhadas de um animal que sabia ler e escrever e sentindo-se o último e mais solitário, sem direito ao êxtase e condenado à contemplação faminta daquilo que tinha a aparência de um nome ou de uns pés ou pedaços de vestido, porque ele devia sonhar com grinaldas no seminário onde vivera durante cinco anos; sonhara com fiapos de carne morna e branca, com algo ou alguém que não poderia existir, porque seria insuportável a sua vinda, assim como o Cristo dos judeus, e então negá-lo eternamente, continuar contando esse tempo morto e pactuar com as putas em kombis travestidas, com o pecado, o que dá no mesmo, uma vez que a puta é o avesso da virgem e sendo o universo finito e curvo ambas se encontrarão inevitavelmente na mesma mulher odiada. Ao percorrer toda a sua circunferência, verá a Virgem pelas costas e, sobreposta, a Puta pela frente — fusão de criaturas cujos registros coincidem ponto por ponto, linha por linha, doce e terrível imagem simétrica e a mesma mulher invertida, só para apagar aquele outro rosto, o do último e mais rechaçado e que agora soluçava ganindo a meus pés: está gostando? como um mendigo.

Aquele rosto moreno, aquela pele grossa e manchada como certas superfícies que conservam o aspecto encardido malgrado as lavagens, acidentada por antigas marcas de espinhas mas estranhamente nenhuma ruga, nem em torno dos olhos ou nos cantos da boca, índices, aos 45 anos, de que o dono daquela cara não a utilizou para rir ou chorar e por todo esse tempo esteve resignadamente cinzelando uma máscara mortuária onde restaram as cicatrizes do sangue de uma remota puberdade, algo a denunciar que certo dia o invólucro se agitou explodindo em borbulhas, hoje nada mais que crateras petrificadas, fiéis depositárias do que havia no fundo do envelope pardo, no fundo do seu turvo coração negro.

Agora Nagib já podia expor a Kojima os seus objetivos, dizer ao que vinha: publicar os poemas guardados há tanto tempo, tanto que já nem podia se lembrar, mas havia ainda outra coisa, e Nagib depositava neste momento a alma sobre a mesa: um editor de jornal de escândalos a fazer lirismo, miar para a lua e as marés; o homem, alguém dissera, é a soma das suas experiências climáticas, o homem é a soma do que se tem, um problema de propriedades impuras que se desenrola fastidiosamente até um nada invariável: desejo e pó.

Que os intelectuais o perdoassem, não tinha pretensões, mas este contato o assustava. Conhecê-los e estar falando de suas coisas e Kojima a ouvi-lo sem pestanejar. Nenhum traço de emoção na inescrutável face oriental. Sorria às vezes, se é que sorria, esticando os cantos dos lábios como elásticos independentes da face, talvez para encorajá-lo, com sua peculiar cordialidade tão absorta e tão ausente.

Eu e Johnny, que se entretinha com gravuras eróticas fazendo comentários obscenos dignos de um garotinho de seis anos, sabíamos que todas as razões de Nagib eram dispensáveis para Kojima, que aliás estava farto de saber como tudo aquilo ia terminar.

Era sempre a mesma coisa: o sacar do talão, o cheque preenchido por mãos trêmulas e agradecidas, a euforia e o terror da noite de autógrafos, os abraços dos parentes e amigos, uma bebedeira interminável pela madrugada e seria tudo: o preço do sonho.

Terminada a sessão, fomos jantar.

À saída do restaurante, Nagib nos convidou para ir ao seu apartamento, acenando-nos, a pretexto de comemoração, com champanhe francesa e Nino Rota. Mesmo embriagado, Johnny arregalou os olhos oblíquos até parecerem bolas de gude e, puxando-me de lado, sussurrou que nunca ninguém pisara naquele apartamento. Exceto ele e Barbarella, o fotógrafo do jornal, ninguém sabia onde o frei morava.

Nos Labirintos do Frei

Eu me apoiava no braço de Johnny, ambos excitadamente divertidos, Johnny cravando comentários irônicos às costas de Nagib que avançava à frente, os ombros côncavos, a cabeça escura atarraxada na gola da japona carregava outro pacote debaixo do braço no lugar do envelope pardo do qual afloravam manchas oleosas porque antes ele passara na padaria e mandara embrulhar um quarto de provolone e trezentos gramas de berinjela temperada, e eu a imaginar que mistura de gordura e suor, quantas camadas de gordura e suor já devia estar embebida aquela japona, cutucando Johnny que fez uma careta de nojo e desviou o rosto também para certificar-se se Kojima nos seguia.

Elástico e silencioso, ereto e solene como a sombra de um samurai em desgraça, o terno de algodão azul parecia resguardar precariamente um feixe de nervos retirados do formol, razão do tom macilento da pele à luz crua dos corredores enquanto penetrávamos no interior do prédio, passando por sucessivos blocos intercalados de esquinas circulares que se bifurcavam ora à direita ora à esquerda sem razão lógica, talvez obedecendo ao traçado arbitrário de um monstruoso intestino de ladrilhos rosa e azuis, e de repente uma absurda mesinha torta e abandonada num canto absurdo ao lado de uma porta ainda mais absurda e então ouvia-se um solavanco seguido do agônico ranger dos elevadores escavados na muralha com sua claridade fantasmagórica relanceada através das grades; a cada estalo, a fresta de luz fugia para cima deixando o buraco vazio, a boca do poço de escuridão onde soprava um perpétuo vento de mofo e estopa.

Na altura do bloco E ou F, Nagib estacou e apertou o botão.

Ouviu-se um longínquo guinchar e gemer de correntes. Johnny, agora silencioso, passara o braço em torno dos meus ombros e suava, tenso e emocionado, como se algo muito triste e muito importante estivesse prestes a acontecer. Kojima imobilizara-se e quase não podíamos distingui-lo, sua figura parecia fundir-se ao lilás das pastilhas embaralhadas.

Lá em cima, perguntei a Nagib se estava de mudança (fora a última a entrar no apartamento, um conjugado de quarto e sala, literalmente atulhado de volumes e caixas. Os outros haviam se metido cozinha adentro, abrindo garrafas).

Fitou-me surpreso com aqueles olhos maltrapilhos, que me apertavam a garganta como garras pelo lado de dentro e era a piedade, eu sabia, a maldita piedade, o remorso de não poder mais voltar à boca aquela pergunta idiota, a vontade insuportável de tampar aquele rosto para não ver, não ouvir aquilo que adivinhava quando a princípio pareceu não entender: "Não... por quê? Ah, sim, nunca dá tempo de guardar tudo isso, a empregada não sa..." "Perdão", escutei minha própria voz, "O quê?", os olhos, "Por favor, perdão", um sussurro trêmulo. "Por favor", a respiração cortando as palavras. "Esquece... gosta de música? Vá escolhendo... não, tem razão, está mesmo uma bagunça. O que quer ouvir?"

— Toca aquela do *Amarcord*, chefe — Johnny retornava da cozinha com uma garrafa e três copos, Kojima seguia-o. Elegante e discreto, puxou um banquinho e se pôs a beber concentradamente.

A montanha de pacotes subia quase até o teto. "São presentes", explicava Nagib, evasivamente. "Bebidas, livros, vasos, não sei bem, lembranças, realmente não sei. Tanta coisa...", como se, na verdade, não lhe importasse. Havia ainda uma mesa, três cadeiras, um toca-discos de modelo antigo e, ao redor, prateleiras suspensas nas paredes, de madeira tosca, também lotadas de embrulhos, ironicamente como se ainda pretendesse ou pudesse ou quisesse organizar tudo aquilo, arrumar a casa, abrir espaços.

Dividindo sala e quarto havia uma estante baixa atulhada de discos cujas capas numa mescla de cores indecifráveis compunham uma espécie de mural abstrato de onde o frei pinçou o acordeonista cego e a fatalidade de sua música miseravelmente sentimental. Arrancava-a do inferno, o maldito, lá onde está exilada toda a danação humana e a maneira mais terrível e doce de viver que é fazê-lo a cada minuto que se escoa, avançando mais um passo na direção do abismo; já estava lá embaixo, o velho cego apaixonado pelo eco dos sons que seu mirrado corpo expirava, libertando a alma para que ardesse em nós.

Fiquei feliz em poder agarrar-me mentalmente às botas gastas de couro amarelo de Johnny, seu jeito belicoso de pistoleiro *western spaghetti*, ao requintado e distante Kojima, refugiar-me na inteligência, drenar o malcheiroso pântano das emoções pestilentas que nos sufoca nesse pranto infecto mas que secretamente eu não queria recusar ou não podia, por Deus, eu não podia, adiá-lo sim para um outro lugar, outra noite ou a próxima semana — em alguma zona escura do calendário o encontro já estava marcado — mas por ora seria a trégua das conversas ociosas, os bocejos mal disfarçados.

Por enquanto acorrentara o animal no lodo do peito, sossegara-o com gracejos e carícias, mas voltaria para buscá-lo e ele sabia, ou talvez não, ele que sorria como se forçasse uma focinheira, franzia a testa, vagamente irritado, talvez pelo solo do acordeão que recomeçava e recomeçava na vitrola, arrastando alternadamente Johnny ao pranto, ao êxtase, de novo ao pranto e à mistura de ambos e a falar de seu pai em dialeto barês, gemendo feito um animalzinho com dor de barriga, enquanto observávamos o inaudível ressonar de Kojima deitado na cama: parecia estar morto, as mãos rígidas cruzadas sobre o estômago, as pernas esticadas e tesas. Eu e Nagib, pelo menos, tínhamos essa ilusão, e ainda mais com Johnny soluçando e liquidando a terceira garrafa de chianti.

Mal este acordou, Johnny já tombava como uma enorme sequóia por sobre os cobertores, roncando e rechinando furiosamente, tão vivo no sono quanto na vigília, em um estranho contraste com o outro que dormia e despertava qual um andróide. Em dado momento, os olhos se abriram e ele levantou-se movendo-se em direção à garrafa mais próxima, sem se espreguiçar ou esfregar os olhos, sem aquela série de penosos movimentos de transição entre o emergir da borra do sonho com a boca pastosa e o início da lenta ressurreição até a tona da realidade. Parecia um robô acionado por alguém a distância. Deus, por exemplo, ou os russos.

Agradavelmente embriagada prossegui madrugada adentro a conversar com Nagib, sorvendo o vinho em pequenos goles, sentindo-o rolar suavemente pela garganta e, à medida que me aquecia, devolvendo ao meu interlocutor um olhar cada vez mais traiçoeiro quanto mais brilhante, enquanto ele mantinha a expressão arredia de vira-lata nos olhos úmidos, a modesta solicitude por não deixar minha taça vazia, tocar todos os discos que eu manifestasse desejo de ouvir e quantas vezes, é um prazer, seu mais humilde servo, senhora.

Atento, ele escutava, sorria ou se entristecia ou se confundia e seus olhos por momentos pareciam se estreitar ou se assustar ou se ausentar, o que desejar, senhora, sua voz chegava titubeante, temerosa, se perdia, cautelosa, implorante, voltava respeitosa, relutante, outra vez, senhora? sempre vencida.

Às vezes meus olhos tornavam a se nublar mas eu sorria espantando as lágrimas, fingindo ignorar que todo aquele entulho acumulado era a sua barragem, seu escudo e também sua prisão, a maneira como Nagib vivia e insanamente se movia na imobilidade do presente, encurralado entre o passado miserável e o futuro intransponível, razão por que não tomara posse de um único objeto contido naqueles pacotes, pois isto significaria arrebentar lacres, libertar amarras, fazer surgir aquilo que devia tomar entre as mãos, examinar, selecionar, guardar ou deitar fora (mas isso não, isso nunca) então melhor não sabê-lo, não tocar em nada, não reconhecê-lo, porque depois seria a volúpia de usufruir sentindo esse perigoso egoísmo que advém da verdadeira posse e implica o apego, o risco da perda, enfim, a dor. Ao conquistar um lugar na casa (e em seu coração) determinariam uma ordem, estabeleceriam o espaço e o tempo que contariam a história de um homem que, ao contrário, não queria ter nenhuma. Não amar nada em particular e conseqüentemente seu conjunto harmonioso, mas sim uma cega somatória caótica, porque esta muralha, esta montanha sem fisionomia de trastes era como um dique bloqueando o caminho, escorando o passado de miséria, interditando a estrada poeirenta que, desimpedida, ameaçava devolvê-lo àquela cidade de mãos vazias. Para evitá-lo, o frei fora obrigado a edificar uma catedral de escombros e, sem saber, com ela acabar se assemelhando: a cara amarfanhada e inexpressiva do moleque sujo e faminto era o que eu tinha na frente. Mas havia um envelope pardo com um maço de sonetos amarrotados, como a cara do homem que os escrevera e talvez, eu acreditava (ainda acreditava), fosse sua saída em direção à luz.

Senti o gosto da sua boca pela primeira vez na cozinha. Johnny ainda dormia. Kojima alheara-se por detrás de volutas de fumaça e uma peça para piano especialmente cerebral, quando ele levantou-se e pediu, como se alisasse um chapéu roto entre os dedos, para ajudá-lo a cortar o queijo e arrumar a comida nas travessas.

O queijo parecia muito macio e eu fazia o possível para cortá-lo em cubos regulares, tarefa bastante dificultada pelo adiantado estado de embriaguez de que até aquele momento não dera conta, apenas o queijo parecia muito, muito macio, e talvez por isso escapasse ao talho da faca, não havendo outro jeito senão ir comendo e observando, como através de lentes foscas, o movimento impressionista dos dedos de Nagib mergulhados na terrina de óleo e temperos; a dança das berinjelas a ondular como enguias verdes e negras, seus enlaces e meneios, emaranhando-se, enrodilhando-se, sem nunca se tocarem, formando desenhos sinuosos em constante mutação viscosa, fugindo à perseguição daqueles dedos grossos e morenos que avançavam enfiando em meus lábios os escuros seres ainda vivos e, com um travo ardido na ponta da língua, minha boca foi colhida por um sugar pastoso, enquanto seu corpo permanecia afastado, os dedos tolamente metidos na enguias. Sem descolar os lábios, eu o guiei como Santa Teresinha até a pia, o beijo se escoando pelo fundo do ralo, o jato azul do detergente e o jorro d'água, o pano de prato em torno das suas mãos molhadas que enlaçaram meu corpo num percorrer e tolher e esfregar de noivo abraçando a amada com infinitos desajeitos e enganos, temendo que se esvaísse no triste pipilar dos primeiros pássaros que penetravam através da claridade acinzentada que se infiltrava pelo vitrô da cozinha, empalidecendo o beijo ininterrupto que já era um arquejar de núpcias amanhecidas.

A chegada dos pratos despertou Johnny que sonado enfiou a mão numa terrina agarrando um punhado de berinjelas que respingaram no tapete e engoliu-as limpando a boca com as costas da mão. Refeito, disparou para o banheiro. Kojima acercara-se dos queijos e pedia palitos. Johnny voltou, água escorrendo pelos cabelos, faces coradas, um cheiro acre de fruta lavada, sacudindo os pêlos molhados, como um animal que retorna à margem após o banho no riacho. Sentou-se, calmo e sossegado, para a refeição, desta vez perguntando por talheres e pela garrafa d'água.

Nagib evoluía entre nós distribuindo guardanapos e pratinhos de papelão, anunciando com tímida alegria que o champanhe já devia estar gelado e pedindo a Johnny para tocar aquela da Elizeth.

Ao longe escutei este resmungar com a boca cheia que era "impossível achar qualquer coisa naquela bagunça, chefe", depois submergi numa noite úmida de vapores e praias, de mundos primordiais e suores salinos, ficando por trás do sono e da lembrança, lá, onde a escuridão já é como veludo.

No sonho pressentia teus olhos, faroletes imóveis a me espreitar, pouco a pouco, a piscar, fagulhas verdes, amarelas, vermelhas, os reflexos na cortina estampada a filtrar um áspero meio-dia e num sobressalto reconheci a voz estralejante de Dalva de Oliveira explodindo na vitrola uma horrível ressaca de cabaré.

III — O Homem

Interferências Antes do Jantar

Não viria. Teria que buscá-lo.

Nas semanas seguintes o frei desapareceu dos meus pensamentos, sonho estrangulado pela imperceptível captura desse rendilhado monótono e estúpido que constitui a trama da realidade.

Numa sexta-feira, nós a arrebentamos mandando tudo para o diabo e começamos a beber, eu e o pessoal do escritório, a partir das quatro.

Às cinco recebo um chamado de Kojima: que Nagib passasse segunda-feira no estúdio para ver as provas do livro. Ligo para o Johnny: "as provas estão prontas, avisa teu chefe", e Johnny: "avisa você". Andava meio puto comigo, já farejara qualquer coisa. Johnny é mesmo muito sensível. Gosto dele por isso. Mando: "põe o frei na linha". Johnny desliga. Filho-da-puta.

Disco novamente e chamo Nagib. Ao telefone, a voz do frei soa um bocado excitante, penso mirando a terceira dose. Dou o recado. Do outro lado, a linha estremece: "puxa, já? Pensei que essas coisas demorassem...", e eu:

"pois é, avisei que o japonês era louco". Silêncio. A linha estala, estática de formiguinhas histéricas, algum conserto na estação, o burburinho aumenta, intensifica e vai arrefecendo: dez formigas, oito, quatro, as duas últimas permanecem estalando, num dueto ríspido, seu minúsculo alfabeto. Digo: "Você fugiu aquela noite", e ele: "O quê?". Um guincho agudo quase parte o fio e afunda debaixo da minha voz que soa nitidamente pastosa: "Quer dizer, faltou alguma coisa". O zumbido se estabiliza longínquo: "É verdade. Não tive coragem de ligar pra você depois". De novo o guincho fura o silêncio, então grito: "Está ligando agora!"; ao fundo, brigam, se picando debilmente, e ele: "Não, quem está ligando é você". Cessou por completo mas é uma trégua, estão à espreita: "Não seja idiota, te espero no Carlino hoje, às onze". Ainda esperam, latentes, deixando que nossas vozes: "Como?". Repito: "No Carlino, onze horas". E ele: "Hoje eu saio mais tarde, você me espera?", e eu: "Claro".

As vozes agora se misturavam num contínuo pipocar rugoso, gaguejando despedidas. Recoloco Nagib e as formigas no gancho.

Remexendo o gelo no copo observo o entrechoque das pedrinhas: não, não escapará até desmanchar, a deslocação da água é igual a qualquer coisa de qualquer coisa. Não fosse a bebedeira jamais o chamaria, mas parece que alcoolismo e religião possuem estreitas afinidades.

Seria inevitável: o demônio estava solto e chegou ao Carlino às dez e trinta.

Álcool, Anorexia e Religião

Pisco para o Ary e indico a mesa junto ao bar.

Examino o cardápio com nojo sentindo algo como uma toalha torcida dentro do estômago: alcoolismo, anorexia e religião, realmente eu não precisava de nada.

Mas tinha que pedir então escolho lulas à doré: tenras argolas macias, rosadas e enrodilhadas como anéis de Moebius, bocados de eternidade, e além do mais o *reducto absurdum*, a justificação para os pratos e talheres, pretexto para o vinho branco que naturalmente permaneceria gelando no balde no mínimo durante trinta minutos: *reducto absurdum*.

Antes peço um Campari, que imagino uma bebida digestiva (talvez desenrole as tripas, libertando o apetite) e porque desde pequena fui condicionada a ligar coisas amargas — chá de losna, por exemplo — e repelentes — leite de magnésia, outro excelente exemplo — a bons efeitos. Com esse treinamento básico fica impossível imaginar um remédio que seja ao mesmo tempo delicioso. Para atingir o prazer é necessário se foder primeiro e nisto está condensada toda a filosofia judaico-cristã que me foi legada. Pequeno diálogo israelita: "Por que está mancando?/ Há um prego no sapato/Bem então arranque-o/Está brincando? E a sensação de alívio quando eu o descalço?"

É isso. Sentindo-me culpada por me embriagar então punir-me fazendo-o com algo ruim. Alivia a culpa. Losna antes, ressaca depois. Severos pilares comprimindo aqueles momentos infinitesimais de prazer quando então fazemos loucuras das quais nos arrependemos até que o próximo pileque afogue com uma nova ressaca a onda anterior de mágoa e assim sucessivamente.

Como o oceano, a burrice parece não ter limites, embora tenha uma lógica irrefutável. Culpa, depois castigo, depois racionalização e, novamente, culpa. Faço uma careta e peço outro. Aos trinta anos já é muito tarde. E aos quarenta e cinco? Penso em Nagib e sou envolvida por uma vaga de ternura andrajosa. O relógio dá uma volta completa, mas ainda não estou ansiosa.

Trouxe um livro que ficou fechado sobre a mesa. Claro que o livro não passaria de pretexto, um último e derradeiro refúgio, o escudo a amparar o tédio, a afetação de uma leitura cega. Por ora, prefiro ler a cara das pessoas. É mais divertido. Sem tirar os olhos da porta, é claro, mas ainda não classifico *isto* de ansiedade. E me conheço o suficiente para saber até que ponto pode chegar minha ansiedade. Numa escala de um a dez (e já estive lá!) eu diria estar oscilando entre quatro e cinco. Há muita coisa pra se ver e pensar enquanto se espera. Nesses momentos, sentimo-nos confortavelmente livres, podendo vagabundar à vontade com a imaginação, nos distrair, porque algo que está vindo do futuro nos escora, alguém que, avançando nos limites dos ponteiros, significa segurança e abandono, porque o homem necessita especificamente dessa espécie de liberdade cuja dimensão é o raio da corda que a qualquer instante pode ser puxada e por isso é tão preciosa. Poder passear despreocupado pelas vizinhanças uma vez que o dono vigia, protege-o do perigo, garante-lhe o abrigo. Seria terrível ver meu próprio rosto na ponta da corda, seria insuportável se do mundo de repente desaparecessem todas as cordas e todos os ponteiros, todos os donos e todos os abrigos. Seria terrível contar apenas comigo, ir para casa, tomar um copo de leite e deitar cedo escutando meus próprios pensamentos. Realmente seria terrível embora a razão me diga o contrário. Mas agora não quero pensar, apenas observar sem desejos ou intenções ou compromissos: restar à margem, regurgitando à espera do puxão.

Johnny não entende. Vê a perseguição da morte, do suicídio, através da ingênua perspectiva de seus olhos oblíquos, cheios de exasperada admiração, como uma pungente forma de grandeza, dolorosa sina envolta numa aura romântica. Ainda não viveu o bastante para começar a morrer, perceber que isso nada tem a ver com o olímpico desprezo pela vida (sentimento que na verdade é dele, o jovem que se acredita imortal, exatamente porque não passa de uma massa gasosa de emoções oceânicas, sem meios de conceber o estado sólido, a plenitude do animal humano, este que, a partir disso, já poderá começar a apodrecer, transposto o fugaz, ardente meio-dia), mas sim um impotente desdém.

Os vencedores sempre contam com a possibilidade da derrota, sabem que a arrogância seria mais uma arma na mão do inimigo que aliás jamais subestimam. Conhecendo o limite das suas forças, possuem uma energia inesgotável cuja fonte é ironicamente o senso da própria mortalidade. Quanto aos outros, sequer lutam: não sobreviveriam à derrota. De forma que nada mais fazemos além de arranjar uma série de passatempos diante do fato consumado, os tais jogos de inteligência dos quais ninguém sai perdendo porque nada arrisca. Nagib, por exemplo.

Um Certo Bóris

Meia-noite. Penetro num estado que a segunda garrafa, bem como os primeiros sinais de desconforto na cadeira, caracterizam o calmo desespero.

Um certo Bóris pede licença pra sentar à minha mesa: está curioso em saber por que uma mulher tão bonita jantava sozinha numa sexta-feira.

Pergunto-me intimamente se fosse quarta ou segunda ou domingo ele prosseguiria curioso embora soubesse que o *veneres die*, o dia de Vênus e das doenças venéreas está tão encucado na memória coletiva dos lugares-comuns quanto a folha de parreira, e reforçado ainda mais após o advento da semana inglesa de cinco dias.

O certo Bóris era um belo homem. Pele perfeita, bons dentes, cabelos sedosos e a franjinha de imperador romano que confere um ar de garoto insolente ao seu portador se evidentemente debaixo dela há um belo rosto. Do contrário o resultado é ridículo e desastroso. Vira signo de débil mental ou maluco: todos os Neros e Calígulas fabricados por Hollywood fixaram eficientemente o estereótipo, incorporando-o ao patrimônio das besteiras universais de que são recheadas todas as cabeças. Por que um imperador idiota e decadente precisa usar franjinha? Pela mesma razão que garotas de óculos são sempre professoras primárias? Ou por que sujeito com brinco na orelha esquerda só pode ser veado? Sem esses referenciais, descobrimos que não passamos de criaturas idiotizadas, que perderam a capacidade de pensar. Logo, desfazer-se dessa merda toda já não é mais possível. Botar o que no lugar? Uma bala? Outro signo: John Wayne e seu colt fumegante. Realmente eu tenho de me matar.

Quanto àquele Bóris o problema todo estava nos olhos, ou melhor, *não estava* por detrás daqueles olhos azul-escuros e opacos: nem covardia nem tenacidade ou astúcia ou temor ou generosidade ou tédio ou perspicácia ou lealdade ou cautela ou maldade ou tristeza ou bondade. Nada. Não havia nada. Não sei, pareciam botões de sapato. Um espírito — não um cérebro — cego, oco. Olhos, espelho da alma. É bizantino.

Comentava que Bóris é um nome de origem russa, enquanto os botões rolavam, gulosos, pela minha blusa. Informou-me trabalhar com jóias. "Jóias? Mas então você deve ser judeu!", exclamei.

De repente, preencheu-se a lacuna que havia no lugar da alma daquele desconhecido: um intermediário, um mascate, um errante, tirando ouro do ouro e das duas partes, vendedor e comprador, o interceptador de migalhas, o eterno elo fugaz, o rio que une as raças sugando-lhes as águas para que tenha nome de rio ou pátria ou simplesmente uma confraria; por causa dela, a humanidade perdeu a inocência, se a teve algum dia. Quando o homem, liberto das cavernas, perdeu a coragem de fazer seu preço e cobrá-lo diretamente ao interessado, alguém soltou os judeus pelo mundo como espelho da nossa covardia, aquele que eterniza nossa culpa com o Criador enquanto multiplica nossos juros na terra, aquele que enfia a mão na imundície lavando todos os pecados do mundo.

"Judeu russo", prossegui, "porque você não disse sou joalheiro ou ourives, disse trabalho com jóias, como poderia ter dito trambico mercadorias, certo?"

Os botões pularam dos seios para o meu rosto: nem cordeiro, nem lobo, nem homem, apenas uma liga metálica cumprindo seu ciclo impiedoso. No fundo azul mortiço brilhou um deslocamento como quando se atira uma pedrinha no lodaçal e esta submerge pastosamente.

Com aquele sorriso escorraçado de quem absorve qualquer insulto num pântano de dois milênios, desconversou: "Mas você ainda não respondeu por que está sozinha."

Agora eu admirava seu paletó cor de fumaça, de bom corte, a camisa de seda amarela, discretamente revelando o peito largo cujo toque devia ser macio.

"Espero amigos", eu disse, "Amigos?" encarou-me: "Você não tem nada melhor pra fazer, garota?" Garota. Outra vez. É dose.

Mas sim, meu coração ansiava pela criatura que ao lado desse Bóris, esse que os outros e inclusive eu mesma julgam ser uma bela figura de homem, não passa de uma sombra, a projeção no tempo e no espaço da criança faminta que jamais conseguiria atingir a estatura de um homem, pairando num ponto intermediário, nem velho nem homem nem criança, apenas sombra pequena e escura e esconderijo do próprio corpo insignificante; o malogro de uma cópula exaurida cujo equívoco já datava quarenta e cinco anos, além de tantas razões pelas quais era loucura, era inadmissível, era irracional estar apaixonada por Nagib.

Bóris informou-me ser também juiz de futebol nas horas vagas.

Juiz de futebol. Todo aquele magnífico físico atlético por um apito e cuspidas na cara. Escorraçado. No trabalho, nas horas vagas, o tempo todo: dois milênios. E logo eu com meu *reducto absurdum*.

Contemplo as lulas murchas, levanto os olhos e vejo, a três metros, a figura morena e curvada de Nagib avançando a mãozinha tímida sob a manga da japona oleosa.

Como em uma troca de guarda rapidamente os apresentei e nunca tão rapidamente um Bóris desapareceu rendido.

Arqueologia de Lembranças

Nagib sentou-se aconchegando-se junto a mim mais para esconder-se que se aproximar, tomou minhas mãos entre seus dedos escuros e ásperos, pedindo desculpas pelo atraso.

Os olhinhos maltrapilhos a provocar novamente a vaga de ternura andrajosa, impelindo minha boca a beijar aqueles lábios crestados, obrigando-o a despir a japona sebenta porque precisava senti-lo sem o casulo e ao escutá-lo encomendar vinho subitamente compreendi que estivera ensaiando e resistindo e não indo a esse encontro ao qual finalmente chegou por volta de uma hora da manhã; *que rondara por horas seu tormento desde o telefonema, rezando para que ela tivesse ido embora e se de fato já não estaria, como não encontraria nenhuma outra mulher de bom senso e juízo e seu orgulho, para o retorno à paz, à condição imutável do desprezo, àquilo que estava acostumado e que era a sua infelicidade familiar. Mas um dia aparece o demônio e ele diz não, não vou te dar sossego, e foi isso que sentiu quando encontrou a mulher, foi o que levou pelo rabo, ainda sentada na mesa, sentindo uma alegria insuportável e já era tarde demais. Depois, ele já sabia. Quando acordasse, teria de fugir, dado que, definitivamente a felicidade não, sofreria, maldita, o gosto de cobre na saliva, a pele a se descolar da carne por ganchos de ferro: o preço do sonho.*

Lembro das suas palavras prisioneiras, a expressão hesitante no limiar das confissões e quanto mais tentava escondê-las sob a manga gordurosa mais eu pressentia suas formas fugidias de gatas magras que se cruzam envergonhadas, esfregando-se e separando-se bruscamente, evitando-se o mais possível até a hora de deitar e apagar a luz.

Johnny não exagerara quanto à participação das putas na vida do frei.

Após ingerir meia garrafa, aninhado no calor da minha atenção, ele começou a contar com uma voz opaca, adensada pelo vinho, escolhendo cada palavra como lantejoulas que aderem a um bordado cujo desenho já estava pronto, riscado a carvão em sua mente, como se fosse possível ofuscar através desse brilho ordinário o penoso trabalho de dedos grosseiros e roídos pela água sanitária sobre um vestido de cetim verde, porque a mulher dançava num inferninho do Largo do Arouche.

Neste ponto tentei falar mas refleti, sim é possível, deixando-o prosseguir contando que a tirou daquele lugar, alugou um apartamento, encheu-o de almofadas e bugigangas de mulher, e tudo havia durado três anos, uma vez que nada mais soubera depois daquela noite em que encontrara as roupas e os perfumes pisoteados, o espelho da penteadeira partido ao meio, ainda podia sentir o perfume, grudara por todo apartamento, uma meia de náilon pendia da gaveta da cômoda como um rabo de gato morto na da lata de lixo mas o zelador encolhia os ombros mostrando as chaves: ela simplesmente desaparecera, e os olhos de Nagib recuavam, maré baixando para dentro do passado, da sua dor.

Desfazendo-se em lágrimas, o pobre-diabo ao meu lado, sem o saber, está a pagar qualquer coisa por nós, está morrendo por nós, e o que mais desejamos nesse momento é que ele faça as unhas, tome um banho, pendure uma gravata e vá trabalhar num escritório, que passe desse horror para a conveniente condição de homem vestido e asseado.

Mas as pessoas se cansaram de olhar para Nagib, ele de chorar e eu de me sentir como uma cadela.

Ary enviava-me olhares interrogativos por detrás do caixa. Fiz-lhe um sinal que estava tudo bem, possivelmente interpretado como "o sujeito apenas bebeu além da conta", motivo da inesperada aparição de uma garrafa de água mineral e dois discretos envelopes de antiácidos sobre a mesa. Nagib olhou aquilo e sorriu: "A comida costuma ser tão ruim aqui?" "Isto é só o começo", pisquei maliciosamente (Ary devia estar lendo meus lábios), "há também um quartanista de medicina de plantão lá nos fundos, com seringas hipodérmicas e ampolas de glicose." "Então não é tão ruim", tornou Nagib, "quartanistas não assinam atestados de óbito."

Rimos e voltamos a encher os copos, já esquecidos da água e dos sais, das lágrimas, mas o olhar vago de Nagib continuava rondando o passado, descendo cada vez mais fundo, escavando a persistente e dolorosa arqueologia de lembranças, relembrando os tempos de repórter, as sessões vespertinas nos cinemas do centro, o bafo quente das ruas no verão, os bondes, o chope na Vienense para apreciar a saída das empregadinhas do comércio na calçada do Municipal, meninas de 15, 16 anos, dedos manchados de iodo e tinta de esferográfica, o esmalte vermelho descascando como coágulos, cabelos maltratados pelo vento, pela água oxigenada, pelo sabão em pedra, de cujas raízes negras brotava a textura em dois tons da mesma e única fibra da miséria.

Sombrio, os olhos baixos no prato, ele falava num transe monótono como se estivesse se referindo a outro, autopsiando um cadáver cujos órgãos não passassem de um frio e viscoso inventário sobre a mesa de dissecação e cuja vida pertencesse ao terreno das conjecturas, da ficção ou memórias roubadas que ele passava adiante; ele, o intérprete, indiferente e impessoal, entre o inconsciente e o consciente, esses dois gringos estúpidos que se pudessem conversariam por sobre seus ombros.

Uma Noite com Asmodeu

— Não teima. Não pode dirigir assim. Está quase dormindo. Vamos. Passe para este lado. Eu levo o carro.

A voz chegava e sumia em ondas como em má sintonia, semelhante ao movimento daquelas mãos que, saindo da sombra, impeliam-me, batiam portas, arredavam bancos, tentavam me agasalhar com algo que eu queria repelir mas as mãos eram firmes, faziam-me sentir segura em alguma parte: era como estar em uma maca sobre rodinhas, saindo da sala de cirurgia, ouvindo sussurros incompreensíveis, mas reconfortantes, vultos perpassando por trás de uma cortina de pele rósea e quente, e só queria restar em paz, eles fariam o que era preciso. De repente, parou, e, de novo, a voz, as mãos: mas, sim, já vou, então acorda, espera, está bem, então desça, sim, eu desço, chegamos.

Abri os olhos e Nagib me abraçou, apertando o casaco em torno dos meus ombros, atravessamos um trecho de pedregulho, depois calçada, cimento, uma porta de ferro e vidro, "Edifício Cristal", letras douradas, corredores roxos, brilhantes, gelados, as curvas, o bloco E ou F, a cela de aço com sua luz cirúrgica gemendo e estalando e içando nossos corpos lá para cima.

Em frente à porta Nagib atrapalhou-se com as chaves porque tinha um dos braços a suportar todo o peso do meu corpo. Afinal, a porta abriu e ele acendeu a luz. Atravessei, praticamente a nado, o mar de pacotes, até o outro lado da estante. Sobre a cama, esse tipo de cobertor quadriculado em marrom e bege que é vendido às dúzias na 25 de Março para pensões, hospitais, creches, *presídios*.

Enquanto me despia, pressentia a tímida figura movimentar-se, sombra silenciosa a acender o abajur, ligar o toca-discos, apoteóticos acordes circenses em surdina, o acordeão, a mesma trilha amarga, a *feria* do velho Nino morto, ligeiro tilintar de copos e garrafas, enquanto eu me despia, apenas pressentindo entorpecida, apenas fazendo o que era preciso e bem depressa porque agora percebia quanta roupa tinha por cima e por baixo, eu me despia interminavelmente como para salvar a vida (ou perdê-la de uma vez) até nada restar sobre o corpo além da pele exausta.

Atirei-me sobre o cobertor que imediatamente começou a picar, arremessei-o para longe e só então vi Nagib, ali ao lado, a escura cabeça, as costas curvadas, que recolheu-o do chão, dobrou-o aplicadamente e depositou-o aos pés da cama como o manto sagrado, onde se ajoelhou bem composto e todo vestido.

Escutei-me sugerir que se despisse mas ele abafadamente respondeu "não, prefiro não", os olhos baixos, piscos, maltrapilhos, como se não tivesse coragem ou direito mas demasiado pudor ou respeito ou temor de levantá-los e ser fulminado pelo corpo que se oferecia, inerte, branco e nu, na linha de um horizonte muito além e muito acima, a imagem diante da qual parecia estar rezando, tocando meus pés que assumiam uma brancura de gesso ao contato úmido e escuro daqueles dedos.

Então seu rosto foi baixando até que os lábios tocassem meus pés, imprimindo-lhes beijos pegajosos como a baba de um cão que contém as mandíbulas e apenas mordisca, refreando o ancestral que cravaria os dentes na carne proibida. Os beijos se alternavam indo e vindo da planta até a ponta dos dedos num crescendo e mil vezes contornando-lhes a curvatura e, de repente, prendendo entre as mãos o delicado osso do tornozelo, elevou-o bem alto e seu rosto desapareceu. Então senti o debicar úmido vindo do mais baixo, Santíssima Virgem calcando a serpente, experimentando talvez o mesmo anelo, o impulso docemente insidioso de subjugar eternamente o escravo atado pela língua a seus pés.

Minha respiração arquejante alertou-o. Levantou a cabeça e olhou-me no rosto sem fixá-lo num ponto específico: nos olhos, por exemplo, ou na boca, com essa ternura circunstancial e deferente de amante, porém abrangendo o rosto todo como uma superfície uniforme, a máscara de mármore da santa que é perfeita e toda feita da mesma matéria e da qual nenhum traço deve sobressair, brilhar nenhuma expressão que não silêncio e eternidade, pois, do contrário seria pecado, seria o cão, então sorriu.

A cara morena congestionada pelo desejo assumira uma cor terrosa, cor de terra vermelha, cor da terra de onde viera, e dizia que gostava de pés, mãos e pés, eram o seu fetiche e, esfregando ventre contra ventre, o homem todo vestido com sapatos, meias, calça e camisa, descia sua cara negra e sem fisionomia, ensombrecia meu rosto e nele depositava a derradeira esmola de um beijo na testa: durma bem, amor.

O Despertar do Coroinha

Quando acordei não compreendi imediatamente o significado do volume ao meu lado, uma espécie de almofadão revestido de tecido estampadinho, inflando e desinflando compassadamente. A cada expiração, os panos afrouxavam delineando parte dos quadris, uma cinta de couro gasto e, logo abaixo, as solas dos pés metidos em meias pretas, como dois borrões de tinta. Acima, surgia o tufo de cabelos, um novelo de lã embaraçado emergindo do colarinho frouxo como duma cesta de retalhos cujos desenhos se embaralhavam, desencontrando-se, desorientando a simetria dos triângulos e círculos amarelos sobre o fundo marrom.

Pouco a pouco, a mente foi aclarando, ressabiadamente, espiando os acontecimentos da noite anterior, rodela de Alka-Seltzer a se desfazer e subir numa convulsão de borbulhas antiácidas até a borda da lembrança e ser expelida num arroto, rajada que se leva na cara quando se abre uma lixeira e nada nos resta senão bater a tampa com horror e estrondo, relegando o bolo apodrecido àquela zona preta do cérebro que jamais tocaremos sob pena de vomitar.

Ele se voltou oferecendo-me a cara adormecida, infinitamente mais feia que quando desperta. Sob os estímulos da vida, o sangue circula, compõe os traços, organiza a expressão, tornando-a suportavelmente humana e, no caso de Nagib, até amena, gentil. Traços que agora decompostos pelo sono faziam daquele rosto algo como uma máscara de barro.

Todavia a piedade novamente venceu a repulsa e a tal ponto que quando ele acordou — sabia que estava desperto pois alisava timidamente minhas costas —, eu voltara o rosto contra a parede para que não visse as lágrimas.

Murmurava "você é bonita", os dedos mansos, a voz rendida, pobre infeliz, o mau hálito e todas essas coisas pelas quais me voltei de repente e o abracei, beijando seus cabelos lanosos, o rosto martirizado de cicatrizes, enquanto passivamente ele se deixava envolver, a cabeça apertada contra meus duros seios cruéis porque então era fazer de conta, dizer que o amava, que o amava muito, e ele, "é verdade? é verdade mesmo?" Como naquele tango antigo, eu também aprendera filosofia, dados, malandragem e a poesia cruel de não pensar mais em mim. Ao menos naquela manhã ao lado de Nagib.

Cantarolando o tango, apoiei o queixo em sua testa e seus olhos humildes contemplavam meu rosto como se estivessem a anos-luz de distância. Olhar o céu é ver o passado, a luz duma estrela morta há milênios, apenas a luz, a estrela já não importa, uma vez que nunca chegaremos lá então dá no mesmo.

Pensei: um garotinho ajoelhado erguendo o olhar para o sacrário.

Depois pensei que Deus deve ser um sujeito um bocado impiedoso.

Depois lembrei que Deus não existe.

Depois me ocorreu: então o que é que está olhando, idiota?

Depois não vi mais nada, porque vieram as lágrimas e disparei para o banheiro. Ele bateu na porta: "o que foi?" "nada", respondi, "um cisco no olho", "tem colírio no armário", avisou. Quando saí, o rádio transmitia o noticiário policial matutino.

Nagib movimentava-se destramente entre a sala e a cozinha recolhendo copos e garrafas, falando, quer dizer, sei que falava, mas eu não ouvia ou não compreendia, os murmúrios fugiam em todas as direções — que não eram muitas — abafados, inaudíveis, mas subitamente os sons como que se afunilaram e então ouvi claramente: "Preciso estar no jornal às onze e já são dez e meia; gostaria de conhecer a redação? Eu gostaria de ficar mais um pouco com você; meu plantão vai até meia-noite, me revezo com Johnny, só confio nele; Barbarella assusta os outros, ninguém pode com ele, já te contei? Johnny contou?" e os sons desviavam-se outra vez, Nagib parecia recitar rezas decoradas, porque mesmo sem ouvi-lo eu sentia o ritmo monótono, adivinhava a queda das sílabas tônicas nas palavras também adivinhadas e sem importância ou apenas duma importância relativa, anulando-se entre si, e o próprio Nagib alheio duplamente:

1) ao que dizia; 2) ao que não sofreria caso não fosse ouvido.

Ajeitou os cabelos com os dedos, vestiu a maldita japona, sentou-se numa cadeira e permaneceu sentado e em silêncio como um menino de castigo durante todos os malditos cinqüenta minutos seguintes.

Porque eu demoro como o diabo pra me arrumar, quer dizer, até tomar banho, refazer a maquiagem, vestir a roupa e tudo, mas o frei não se importou ou pareceu não se importar, sentadinho na cadeira, muito teso e pigarreando, quando comecei a vestir as meias, sentia-me tonta, falando francamente acho que ainda estava embriagada porque ainda não começara a sentir a ressaca e *esta*, eu sabia, seria terrível, ninguém permanece impunemente feliz por mais de 48 horas, só Deus sabe, de modo que sentei na cama para vestir as meias, em pé seria praticamente impossível manter o equilíbrio, e estava nua mas achei que devia começar pelas meias, a operação mais difícil e delicada em vista das circunstâncias, absolutamente não podia danificá-las, tinha esse aviso girando na cabeça, as meias, sobretudo meias pretas; por isso, enfiei duas vezes pelo avesso e tive de recomeçar observando ociosamente como os pêlos parecem ainda mais negros, e meus pêlos não são negros, castanho-escuros talvez, uma esponja preta contra a pele branca cintilando sob a fria luminosidade cinza-pálido que atravessava as cortinas, e essa é a cor da cidade, pensei, principalmente no outono, mas estamos no inverno, e se raspasse? Ah, sim, as meias pretas, o máximo cuidado, e então me contorcia, cruzando e descruzando as coxas, a verificar se deslizavam intactas, seria muito fácil perceber, um finíssimo risco e pronto, de maneira que quando lembrei de Nagib, este sentara de costas, cotovelos na mesa, a cabeça apoiada entre as mãos.

"Pronto!" avisei, como nessas brincadeiras de pique.

Lentamente voltou-se e disse, os olhos baixos, a voz num fio: "você está linda!"

Cuecas e Torradas

Como o pileque não passara, aquele resto de euforia deu e sobrou pra enfrentar o bar da esquina e a manhã de sábado com suas babás, seus carrinhos e colegiais idiotas.

Mordiscando uma torrada, voltei àquilo que me incomodava:

— Por que não tira a roupa? — a pergunta saiu antes que eu pensasse. Nagib tomava café puro no copo. — Sente vergonha? — insisti, experimentando a laranjada.

— Não, não é vergonha. É hábito. Do tempo do seminário. A gente nunca se despia. Tomava banho de calção. Até hoje, às vezes, eu esqueço e entro no chuveiro de cueca — sorria modestamente, os olhos mansos mergulhados no café.

Fiquei olhando para ele um bocado de tempo antes de arriscar:

— E hoje, quer dizer, ontem, você também tomou banho de cueca?

Um sorriso se alastrou por todo seu rosto, franzindo-o grotescamente:

— Sabe de uma coisa? Não lembro. — e pousou sua mão sobre a minha.

Não consegui engolir o resto da torrada.

IV — O Poderoso Editor

Mais Ladrilhos

O prédio do jornal também era revestido com pastilhas azuis.

Parece que o frei estava irremediavelmente condenado a vagar por um labirinto, não como o Minotauro cioso do tempo e seus escaninhos, orientado pela periodicidade dos sacrifícios a cumprir um destino divino que é a eternidade do mito, mas como um roedor inábil acionado por remotos odores que subitamente se esvaíam fazendo-o vagar no tempo morto das cisternas e patíbulos, esquecido do objetivo, ou às vezes reencontrando-o frente a frente, milagrosamente ao seu alcance, contudo temeroso, deixando-o escapar.

Eu já estivera algumas vezes naquele prédio, mas nunca reparara nas pastilhas. Lembrava dos elevadores cheirando a uma mistura opressiva composta por suor, cigarro, mortadela, apara de papel, cerveja, serragem, entre outros. Sobe-se infalivelmente com os mesmos rapazinhos safados e desnutridos. Desde Gutemberg quantas braguilhas manchadas de tinta? Garotos de jornal.

Entramos na redação quase deserta. Três ou quatro redatores sonolentos, caras de ressaca, conversavam debruçados sobre velhas máquinas que mais pareciam chaleiras apagadas. Ao verem Nagib, a conversa cessou, substituída pelo tamborilar frenético. Notei que duas máquinas estavam sem papel. Nagib cumprimentou-os com um vago aceno geral, abrangente e contrafeito (dois adjetivos que absolutamente não combinam) ao exibir, apresentar e desculpar-se, através da loura de óculos escuros, as habituais entradas soturnas e furtivas.

Cínicos e subservientes (outros dois adjetivos que definitivamente não combinam) os rapazes responderam num coro de vozes desencontradas e piscadelas cúmplices: quem diria, hem? O velho sapo. Outro mistério era a idade do frei, quer dizer, uma espécie de bobagem. Aparentava quarenta. Mas Johnny era taxativo: "cinqüenta e dois — pai a gente não deixa por menos". Eu imaginava uma idade entre quarenta e cinco e quarenta e oito, mas ainda havia o entulho, de modo que a coisa permanecia mesmo na nebulosa região dos grandes mistérios, isto é, das bobagens.

Entretanto eu tinha uma teoria: em dado momento, do zero aos sessenta, o tempo fora paralisado. Ele deve ter derrubado a ampulheta que rolou para baixo de algum guarda-roupa de pensão. Tentava pescá-la quando a senhoria bateu na porta com a conta, e ele teve de desocupar o local mais ou menos às pressas. A ampulheta ficou lá, esquecida para sempre, acumulando poeira pelo lado de fora.

A sala de Nagib era quase uma réplica do seu apartamento, isto é, a mesma atmosfera embarafustada e atordoante. Parecia um banheiro adaptado, com as indefectíveis pastilhas nas paredes, todavia mais organizada. Afinal, um jornal tem de sair todos os dias, a cada segundo acontecem coisas, de certa forma, as mesmas coisas, com pequenas variações que, aliás, possuem algo de invariável, e assim por diante.

Heródoto e seu barquinho desgovernado, o divino hálito a fustigá-lo: sossegue, arrebente-se, torre debaixo do sol, não importa, a terra é curva e finita e ainda não pretendo soltar os cordõezinhos, afinal, O Maior Tolo Sou Eu Mesmo. A onipotência deve ser terrivelmente monótona. Já pensaram que o Sujeito não tem com quem jogar xadrez? E cá estamos a delegar-lhe tábuas e escrúpulos. À nossa imagem e semelhança. Mas desconfio que Ele já está se cansando do brinquedinho. Os sinais são evidentes: o sexo está morrendo. Mais alguns séculos e nos limitaremos a meter a língua na boca uns dos outros em silêncio e sem paixão. Como as ostras.

Sentada em uma desbeiçada poltrona de curvim, vagamente vermelha, eu examinava a antiga geladeira enferrujada engasgando rangidos mecânicos, os antúrios empoeirados, a escrivaninha cor de chumbo parecendo uma carcaça de rinoceronte a suportar o peso dos cestos entupidos de correspondência, pilhas de laudas e fotografias, caixinhas para clipes, canetas, réguas, borrachas, o lápis amarrado num barbante pendente da tenebrosa máquina de escrever, pesadona e caquética, com seus 52 olhos míopes a imprimir tipos desfocados e estrábicos, emperrando porque as teclas reumáticas já se recusam a descolar o beijo do papel a fim de empreender o retorno, o salto mortal de costas, este exercício intermitente e brutal que os dedos escuros lhes impõem sem pensar, praguejando a cada novo enguiço.

Nagib remexia gavetas cujo deslizar metálico lembrava prateleiras de morgue. Enfim, retirou algumas folhas datilografadas e estendeu-as para mim:

— Escrevi estas outro dia. Gostaria que você lesse... — pediu com aquele olhar que nunca era direto mas composto de miúdas espiadelas transversais lembrando os súbitos avanços e recuos de um ratinho.

Tentei ler mas a cabeça estalava horrivelmente diante dos cinzentos caracteres. Estes batiam em meu cérebro, voltavam ao papel e batiam de novo. Não conseguia absorvê-los. Qual uma pedra, meu cérebro não parecia ser constituído de células nervosas, mas de partículas desconexas de minério.

Barbarella e Três Fotografias

Então entrou Barbarella. Soube imediatamente que era ele, fulminada pela lembrança das impiedosas descrições que Johnny fizera dessa criatura que era a própria imagem do jornal, sua aparência externa, enquanto o frei seria a sua alma.

A cara balofa, cinzenta, os olhinhos de porco piscavam sem parar, como bolhas d'água estagnadas em torno das quais insetos voejassem eternamente pairando como uma nuvem sobre os cílios albinos. No canto da boca, toscamente esculpida como a boca de um bode, o cigarro cravava-se nos dentes qual excrescência natural duma fieira de presas tortas e amarelas. Contudo, o corpo deformado pela gordura exalava, logicamente para além da aura sulfurosa de suor e fumaça, uma eletricidade oculta, uma tensão secreta, um arsenal de astúcias e vilezas posto a serviço de algo ou alguém superior que desprezava aquele corpo, razão suficiente para que seu dono o desprezasse ainda mais e até ostentasse tanta abjeção com orgulho. Vestia-se como um investigador de polícia (qualquer coisa entre torturador profissional e funcionário público) camisa dum branco duvidoso, a gravata que um dia fora vermelha, torta e frouxa, pendendo do pescoço taurino.

Barbarella encostou-se na escrivaninha e, mascando o cigarro, jogou três fotos sobre ela. Ignorando-as, Nagib fez as apresentações:

— Conhece minha noiva? — julguei perceber um longínquo tom cafajeste socado no fundo da palavra "noiva", mas não pude ter certeza porque a expressão respeitosa permanecia inalterada.

— Muito prazer — o sujeito mediu-me e em seguida apontou as fotografias com uma unha suja e amarela:

— São do crime da Rua Piauí. As melhores — piscou.
— A madame levou 17 facadas. Uma pena... Ainda não pegaram o sacana. Você escolhe, chefe.

Eram em preto-e-branco, papel brilhante. A primeira mostrava um volume envolto num lençol empapado de sangue. No canto direito, aparecia o ombro, o capacete e o cinturão de balas reluzentes de um PM. Ao fundo, perfis anônimos, ansiosos, dos policiais à paisana. Como hienas em torno da presa abatida por um leão, hesitavam aproximar-se, como se a fera ainda estivesse nas redondezas. A segunda detalhava um ângulo de sala: sangue nas paredes, no sofá, sobre o carpete um sapato de mulher estilo Anabela rasgado e ensangüentado. A terceira fora tirada de cima. Barbarella devia ter trepado numa escada ou armário para esfregar, como o olho de Deus, aquele horror na nossa cara. Feito um quebra-cabeça a princípio me pareceu bastante confusa, mas o inconsciente em seu mórbido automatismo me fez reconstituir naco por naco todos os pedaços daquele caos de carne dilacerada até recompor um corpo humano e ao mesmo tempo comprazer-me em destruí-lo de novo, para tornar a construí-lo, como numa espécie de jogo: eu o retalhei e retalhei novamente muitas e muitas vezes, tantas quanto meus olhos percorreram aqueles cabelos louros grudentos de coágulos espalhados pelo lençol, como raízes arrancadas duma mancha horrivelmente desfigurada que havia sido um rosto. Um dos seios já não existia. Em seu lugar abrira-se uma cratera negra e disforme. Os braços e pernas, esbeltos e queimados de sol, rigidamente amontoados numa posição torta, artificial, já não pertenciam a uma mulher mas a uma boneca estraçalhada muitas e muitas vezes, e novamente multiplicada por 250 mil exemplares, quantas vezes e infinitamente alguém pode morrer? Passada a embriaguez agora era inútil. Eu poderia fechar os olhos mas seria pior porque seria inútil: lá estaria em negativo projetando-se incessantemente até que passasse o horror, o nojo, nos meus bancos de memória e para sempre.

Olhei Nagib. Este ainda contemplava a foto: a respiração arquejante, o olhar turvo. Era outro homem e era o mesmo. Revelava o lado que faltava para completar o que, até aquele momento, eu apenas pressentia: sua sombra lhe dava as costas e olhava na direção oposta. A simetria era perfeita. Entre o cabaré e a sacristia, nenhuma distância. De qualquer forma, o frei não pertencia a este mundo, este tempo. Fora do alcance do perdão, estava salvo.

Traçou uma cruz a lápis sobre a fotografia e devolveu-a a Barbarella sem olhá-lo, ordenando:

— Esta. Publica esta.

Havia uma autoridade inquestionável naquela voz vinda das trevas.

V — A Feira do Inferno

O Convite

Johnny deve ter tido uma conversinha com o frei pois nas semanas seguintes este desapareceu novamente.

Durante esses dias, senti-me inquieta, como se me tivessem arrancado algo de que agora sentia uma falta imensa, ainda que repulsiva. A palavra *piedade* espetava minha mente, confundia-me. Compreendi que ainda não atingira aquele estágio de cinismo, de tédio perfeito, dos que prescindem totalmente dela.

Certa noite, Johnny me entregou o convite. O envelope aplicadamente manuscrito endereçado a "Miss Diana Marini". "É baile de debutante, concurso de *miss* ou o quê?", perguntei, obviamente não esperando uma resposta. "Você vai, não é?... Ele disse que será eternamente grato por tudo. Afinal, foi você quem...", a voz cautelosa, insinuante, pretendia disfarçar a ansiedade. As coleiras sempre conferiram a Johnny um ar positivamente ridículo. Elas não são necessárias em filhotes. Atirei displicentemente o envelope sobre a mesa: "Não sei... Quando vai ser?" Afetava um desinteresse, digamos científico. A cara dele realmente me divertia. "Terça-feira", respondeu e, criando coragem: "Só que você vai comigo." "Terça...", repeti, desenhando a palavra com os lábios, pensando em outra coisa. "Ficaria chato se você não...", seus olhos descambavam oblíquos no horizonte.

Não, Johnny, por enquanto não, pensei. Fazê-lo aprender a não se meter na minha vida. Não que Nagib contasse alguma coisa, Nagib ou qualquer outro. Detesto ver crianças mexendo nas minhas coisas. São os piores predadores na sua cega inocência. Que fazer com elas? Puni-las? Esperar que cresçam? Bem, com Johnny o processo podia ser acelerado. Então eu disse: "Ainda estamos na quinta, até lá tem muito tempo. Eu telefono. E boa noite, Johnny." E fui empurrando-o delicadamente pelas escadas.

Desceu olhando-me surpreso por sobre os ombros. Súbito voltou-se e pulando os últimos degraus, saiu batendo a porta. Lá fora o automóvel arrancou. Ouvi-o cambiar violentamente, engatar primeira, segunda, terceira, reduzir com fúria e o rugido foi diminuindo até cessar, cavando um profundo túnel de silêncio dentro da noite.

Antes da Festa

Até aquela terça-feira eu não fazia uma idéia exata do poder de Nagib.

Foi como se o próprio Príncipe das Trevas desse um sinal e das profundezas da terra, aflorassem todas as suas falanges de súcubos e íncubos, uma fauna humana que, divertidamente e com um ligeiro arrepio, relegamos à mitologia, aos olhos arregalados, à excitação de crianças ouvindo histórias de terror.

E o frei não tinha, nem poderia ter consciência desse poder. Todavia, o monstro amordaçado no inconsciente tornava-o prisioneiro de sentimentos opostos, posto como reconciliar inveja, autocomiseração, ascetismo maltrapilho — o nojo ao próprio corpo — um nojo extensivo a todos os corpos, mendicância amorosa, promiscuidade, senão condenar-se à sombra?

A miséria humana é o preço exigido e pago ao demônio em troca do poder. De modo que Nagib estaria eternamente atado ao tesouro cobiçado porém contra sua vontade e para o seu próprio mal.

Evidentemente o livro de poemas em razão da própria natureza não rompia o acordo. Fora apenas mais uma sucessão de fatos encadeados, digamos, para não perder o tropo, diabolicamente. Eu falara de Kojima para Johnny e este a Nagib que durante anos escondera a alma nos versos e não podia expô-la a menos que o fizesse com pureza e simplicidade. E assim mantinha-se o equilíbrio. A separação entre os pólos: o lirismo ingênuo da poesia e o trabalho sujo no jornal. Restava apenas um detalhe: todos haviam feito seu trabalho, servindo ou tirando proveito — Johnny, Kojima, até o próprio Nagib — e dele saído com as mãos limpas, enquanto eu, eu e meu maldito experimentalismo existencial, enquanto eu, só eu e logo eu me metera nisso até o pescoço (e talvez também isso estivesse previsto e esqueçamos a paranóia), então sim, a mistura de atração e repulsa, a inquietação de todos aqueles dias, mas, claro, não se sai ilesa.

Sentir a presença daquele homem, sua força subterrânea mesmo no vácuo do silêncio, o terror que o telefone tocasse e do outro lado soasse aquela voz espessa ou que certo indicador escuro premisse a campainha, sintomas de uma luta travada entre meus sadios anticorpos e o vírus negro que me inoculara: eu estava doente.

A Feira

À luz tão suave da cave reservada para aquela noite, Kojima passou roçando os lábios em meus ombros nus murmurando "lindíssima" e seguiu sem se deter, pairando elegantemente alheio, acenando com o mesmo sorriso abstrato e aéreo, sentando-se à mesa ao lado de Nora.

Um dos tantos casamentos absurdos. Com o passar dos anos, se tornavam cada vez mais absurdos. Neste ponto, Kojima esmerava-se, como em todo o resto, ainda que em sentido inverso.

Nora, na juventude, cujos traços sensuais haviam composto a fisionomia da atriz de sucesso, hoje, trinta anos depois, soterrados sob camadas de gordura, haviam sido apagados e incorporados ao aspecto matronal, de anta. E o mel azedara, tornara-se melífluo.

Nela, a decadência manifestara-se através da abundância de carnes, como a preencher o vazio do público. Como toda mulher frívola, de riso fácil e generoso, era também uma incurável bisbilhoteira, fato que não passava despercebido a ninguém, como qualquer vício. Na sua cega e sistemática busca de confidências, acabava sempre traída pela malícia do olhar, a expressão ávida, falsamente atenta. Sem dúvida, aquela mulher simples, sólida, alheia a qualquer sutileza, com sua malícia primitiva, seu materialismo grosseiro, contrastava estranhamente com Kojima: os fartos seios moles esparramando-se fora do decote, cabelos escorridos sobre os ombros — ineficientes sobras de faceirice.

Eu e Johnny havíamos chegado cedo, de modo que instalados numa mesa estratégica e bebendo um razoável vinho branco, pudemos ir observando, num crescendo, a festa que se preparava.

Lentamente o carrossel começou a girar.

À mesa de autógrafos, em torno de Nagib, já ocorriam uns sujeitos de ternos cinzentos, puídos e fora de moda, carregando pesadas pastas negras, possivelmente advogados de porta de cadeia, os primeiros a prestar suas homenagens, tomar um gole e dar o fora, porque, como todo pilantra, eles são muito ocupados, fosse com a patroa esperando-os com a sopa ou a amásia com o vermute ou a inevitável quarta delegacia.

Rapazes do jornal, mulatinhos magros e espertos com calças surradas e mangas de camisa, em intensa movimentação, puxando fios, procurando tomadas, testando câmeras e microfones: contra-regras preparando o palco.

Um velho professor da faculdade, amigo de Johnny, veio ocupar nossa mesa. Antigo catedrático de poucos feitos e vasta retórica retumbando numa voz que lembrava o rugido de um dinossauro preso numa caixa de ressonância. Enquanto ele estrondava coisas como "a magnífica pujança da veia poética do nosso prezado Nagib", eu observava o casal de mulatos na mesa vizinha. Ele de terno azul-marinho e camisa branca, cabelo esticado, tipo contínuo aposentado inclusive pelo violão no colo. Ela, vestido de ramagens, busto e ancas opulentas, medalhinha de ouro pingando no rego dos peitos e já meio passada, carapinha recolhida num coque. Bebiam cerveja. Não podia ouvi-los, mesmo porque mestre Dino dominava o ambiente auditivo, mas pelas caras sossegadas, o piscar morno das pálpebras cor de azeitona, percebi que não conversavam propriamente. Era como se o diálogo ocorresse em fiapos que se entrecruzavam lá no fundo, emergindo nas linhas alternadas dum monólogo recitado em imperturbável dueto, secreto e harmônico entendimento surdo de crooners de gafieira a quem já nada importa, seja a polícia, os cachês magros, antigas rixas, seja como for sempre dá no mesmo, ou triste ou alegre ou apaixonado ou endividado ou doente sempre se acaba entrando no ritmo resignado em tom menor e bem baixinho a gente xinga, o outro ri, lembramos a conta de luz, o outro cantarola um samba, pedimos mais cerveja, agora ele se lamenta, e assim vamos tocando.

A animação crescia. A esta altura, todas as mesas já estavam ocupadas, mas as pessoas continuavam vindo, uma manada heterogênea se entrechocando, maciçamente, ocupando cada centímetro cúbico do lugar saturado de fumaça. A atmosfera adensava-se opressiva como uma espécie de feira do inferno. Não só o espaço, como também o tempo fora abolido — eternas são as chamas do Érebo.

Uma lendária atriz de teatro fez sua entrada triunfal num longo de lamê vermelho. Sob o zunir das câmeras de televisão, a beldade abraçou Nagib, beijou o livro, exibindo aos jornalistas a marca dos lábios impressa na capa. Nessa atmosfera de glórias fanadas consumava-se a eternidade do artifício, dimensão onde o frei se humanizava, o sorriso espontâneo na face sem idade.

A transformação fora imperceptível, mas o outro é quem vivia e se movia, o meio sorriso irônico na face de alguém a quem nada perturba, aquele que verdadeiramente recebe as homenagens: O Príncipe do Mundo.

A noite evoluía. Os jornais despejavam repórteres e redatores — barbudos, suados, pálidos, demasiado magros ou demasiado gordos —, sempre naquele acrobático e impreciso limite da deformidade, como se vistos através desses espelhos malucos de parque de diversões.

Inquietos e distraídos, puxavam cigarros, mergulhando avidamente no bar, o libertador e miraculoso Letes, lá onde todo copo toma o caminho de qualquer cigarro quando então todos os homens se tornam belos e sábios e imortais.

As boates despejavam cafetinas e respectivas meninas, senhoras cuja vida é a eterna busca da respeitabilidade perdida. Como arremedos especulares, revelam a verdadeira face deformada de mães de família. De sorte que a quem pertenceriam essas mãos manicuradas de vermelho, enrugadas e cobertas de anéis a proteger as pelancas do pescoço? Ajeitando o penteado, a expressão endurecida pelo olhar postiço, batendo os cílios de boneca, arrebanhavam as garotas, sibilando-lhes ameaças, enquanto estas, pouco à vontade, faziam o possível para não se coçar, soltar palavrões, cutucar-se, porque estavam intimidadas pelo ambiente tão fino e respeitável.

As delegacias despejavam policiais à paisana que chegavam furtivamente, palito entre os dentes, postando-se atrás de alguma parede ou coluna, evitando dar as costas ao resto da humanidade, beliscando a bunda das meninas já meio tocadas que soltavam gritinhos, todas já com seu exemplar devidamente autografado dentro da bolsa.

Alguém tocou no ombro de Johnny: tem uma dona lá fora num carro esporte te chamando. Este abalou, quase derrubando a cadeira. Voltou em seguida escoltando entre divertido, orgulhoso e lambão (nessa ordem) Tatiana Lopez, famosa por seus livros pornográficos, tipo execrado pela cultura oficial. Gostei dela. Não, nada de fotos. Pediu um guaraná. Eu e Johnny nos arrepiamos: o sorriso limpo, a aparência saudável, lembrava uma monja visionária e fanática. Sua disposição ilimitada de trabalho era incômoda para nós, miseráveis indolentes. Falou-me de seus gatos. Tinha 12, acho. Realmente, um apostolado. Lésbica tem sempre essas manias, pensei maldosa. Devia trabalhar demais, não? Sim e não podia demorar. Compromisso às oito da manhã com um produtor. Um filme baseado em seu último livro. Amanhã começariam o roteiro. Discreta, entrou na fila, apertou a mão de Nagib e desapareceu. "É o que eu chamo de profissional" — disse a Johnny. Este concordou, fixando a garrafa de vinho com desalento. "Realmente os vencedores nos impressionam", prossegui, " seja lá o que vençam, ou como, ou quem...."

Agora era quase impossível aproximar-se de Nagib. Bêbados retomavam a fila após cada mergulho no bar quando eram substituídos por outros a quem ocorrera a mesma ciranda cambaleante: mais um copo, mais um abraço em Nagib, mais um pedido ao pé do ouvido, agora um autógrafo para a namorada, outro para sobrinha e tome mais protestos de amizade eterna.

Os grupos se deslocavam, se misturavam, se confundiam numa promíscua confraternização entre homens e mulheres, que já não podíamos distinguir se era o mesmo braço pousado naquele ombro ou outra boca a soltar fumaça na cara que há pouco fora eclipsada por um traseiro espremendo-se entre corpos enlaçados onde, de repente, entre dois guinchos, uma brasa de cigarro principiara um minúsculo incêndio, simultâneo ao estilhaçar de vidros partidos, vozes se elevavam, bruscamente submergiam no burburinho de gargalhadas em surdina, de repente um coro desafinado irrompia boleros e marchinhas, entre aplausos e assobios.

Mais adiante alguém tropeçava seguido dum palavrão e depois um pedido de desculpas ou dum convite, as constelações explodiam e arrefeciam, e agora eram as garotas batendo na porta do toalete onde alguém vomitava, uma voz abafada do lado de dentro pedia que esperassem, a amiga caridosa a segurar-lhe a testa, então as do lado de fora se aquietavam, se esqueciam, tagarelando, excitadas, então lembravam-se e voltavam a bater na porta.

Formávamos um grupo à parte observando os acontecimentos ao redor, como que protegidos por um campo de força, embora secretamente desejando incorporar-nos à euforia, ao caldeirão fervilhante, algo que já não era mais possível; logo, restava-nos comentar ironicamente a inocência perdida, nos sentindo superiores e amargos, sentimentos que disfarçávamos refugiando-nos no cinismo, na desesperança bem-humorada, na troca de frases de espírito que é o mesmo que sacar sem fundos.

— Fomos expulsos, eis tudo — sentenciou Kojima bocejando.

— É uma pena — suspirou Vânia poeta judia-polonesa contemplando um casal à nossa frente. Tomavam vinho e beijavam-se com delícia crescente. "Impossível que estejam representando", observou Vânia, "sempre é possível", disse Kojima. Fechei os olhos, lembrando um beijo de enguias submersas numa outra madrugada.

— No amor, só há dois tipos — falei, depositando o copo —, os profissionais e os amadores.

— Sim?

Os olhares me fixaram, divertidos.

— Amadores — prossegui — são aqueles falsos amantes que nos envolvem acenando-nos com paraísos de paixão. *Isso*, enquanto não vão para a cama. Depois, chega a ser monótono: ejaculações prematuras e um sono de anjos. As mulheres costumam chorar.

— E os profissionais? — piscou Johnny já se imaginando enquadrado nessa última categoria.

— Ah, esses não gozam. Fazem a coisa com aquele virtuosismo distraído, próprio dos que dominam a arte de amar tão bem, amando tão pouco...

— Filha-da-puta! — arremeteu Johnny raivoso.

— Como vê, você está salvo, querido — volvi sorrindo enquanto as gargalhadas encobriam seus palavrões.

— De Onã ao vibrador elétrico! — Kojima contorcia-se.

— Paraísos perdidos — murmurei. O tema não me saía da cabeça. — Pelo que sei, não restou ninguém lá dentro. Quanto a não querer voltar...

— Não poder — corrigiu Vânia provavelmente expulsando a visão do casal de namorados.

— É possível. A galera aí — abrangi o ambiente com um gesto — parece ter livre trânsito. Basta retirar as credenciais na portaria com o sujeito dos chifrinhos.

— Paraísos artificiais — retificou Kojima separando cuidadosamente cada sílaba.

— Kung-fúcio, sem tirar nem pôr. Fale, mestre — provocou Johnny. Mas a brincadeira pareceu não incomodar o outro.

— E amanhã olhar no espelho, mas atenção, o verdadeiro, o do banheiro, porque os outros, vocês sabem, conhecem o jogo. Então, amanhã olhar no espelho e levar com a porta da realidade, perdão, do paraíso, na cara. Não, obrigado.

— É claro que está mentindo — eu disse.

— É claro que estou — sorriu.

— E entrando no quarto ano de análise. Esses caras não resolvem nada, já o avisei mil vezes — queixou-se Nora. Ah, Nora, pensei, deve ser você quem paga a conta.

— Terceiro, querida, apenas o terceiro — disse Kojima. — Você nunca soube contar, e como pode observar ainda não ganhei o diploma. Diana sabe do que estou falando. Recitam-se as fórmulas do exorcismo, alguém, possivelmente outro iniciado, nos devolve o jargão e, é claro, este ainda não está curado, pensamos, e não, não estamos, concluímos satisfeitos e o cu contra o divã entrando no terceiro ano.

Os pensamentos de cada um bateram em retirada, voaram para longe daquela mesa, abandonando-a num silêncio desolado de copos e garrafas. Johnny remexia-se, inquieto, o primeiro pássaro a voltar, bicando as migalhas entre as ruínas da noite.

— Isso aqui está um saco! Que tal o Carlino?

Nora e Vânia apoiaram-no devolvidas à solidez das bolsas e casacos, à perspectiva de um jantar, e todas essas coisas que preenchem a vida em suas tantas formas do nada.

Kojima deu de ombros e seguiu-nos. Johnny foi avisar Nagib para nos encontrar lá mais tarde.

Dilacerações

Lá fora a noite era um úmido espectro negro entre as árvores. O viaduto ocultava os automóveis debaixo de seu cotovelo de sombra cheirando a urina e jornais velhos onde dormiam os mendigos da cidade; o velho bairro dos italianos fora dilacerado pela hidra de concreto, a cabeça imortal do progresso devassando janelas, padarias, becos onde antigamente ao entardecer os velhos sentavam-se em frente às portas para gozar a fresca e falar mal dos políticos.

Três quadras além, o próprio Carlino resistia, com seu forte tempero napolitano e sua boêmia, cedendo pouco a pouco aos almoços executivos, aos cartões de crédito.

O Ary fora substituído pela tartaruga das três da manhã, Kojima adormecera sobre a mesa apoiando nos antebraços a larga face amarela, o sono a fugir-lhe mansamente sob as pestanas em miúdos feixes escuros.

Ao longe, as mulheres discutiam detalhes da nota, enquanto eu e Johnny, sem nos olhar, bebíamos em silêncio, sentindo que era tarde, que ele não viria. "Havia uma mulher, cara de cigana, perto dele, quando fui avisar", disse Johnny, espiando obliquamente minha reação, mas eu sabia que estava tentando enganar a si próprio.

Resisti à tentação de dizer, ele também te abandonou, jovem urso que tomou um cão sarnento por pai e ainda não percebeu a diferença; apesar do teu tamanho, ele uiva mais alto e te fere mais fundo e te amedronta enquanto a ponta de tuas garras pendem ao longo desse teu corpo peludo e inerte, garras que lanham árvores, escavam a terra, esgaravatam o mel no fundo desse teu olhar vermelho e estriado de jovem urso bobo, mas Johnny já se perdera num confuso balbuciar de vinho e cansaço.

As crianças esquecem depressa, pensei, lembrando que para mim não havia esperança, uma vez que numa distante juventude decidira não atrelar meu destino a ninguém nem a nada, por isso sequer poderia sair correndo, tentar te encontrar, bater à tua porta, chamando tudo isso apenas rejeição e abandono, a ingênua onipotência que pensava possuir quando efetivamente desejava algo, algo a que hoje eu posso dar o verdadeiro nome sem a chance de, ao menos, poder dizer que estarei fugindo, porque para tua cama não iria, na realidade não, obrigado.

    Entrei no automóvel — e meus olhos ardiam com a luz da manhã — repassando no cérebro exausto o traçado das ruas que me levariam a Nagib, que me depositariam aos pés de Nagib.

Sodoma de Mentiras

Fazendo amor com Justine comecei a compreender o que ela queria dizer quando descrevia o freio como o sentimento esterilizante de estar deitado com uma estátua adorável, mas incapaz de corresponder ao contato da carne que a abraça. Havia algo de esgotante e de doentio naquela maneira de amar tão bem, amando tão pouco.

Justine, Lawrence Durrell

1

Começar a contar pode significar pensar em Natan ou então naquelas janelas só vidro e aço que circundavam o apartamento transformando-o numa espécie de vitrine ou aquário, em certa manta escocesa amarrada ao pescoço ou num quadro de Renoir; começar a contar pode significar começar a puxar todos esses trapos de lembranças e tentar coagulá-las, dar-lhes um nome, uma forma, um significado, explicar o que ocorreu através dessa escultura de palavras, tatear as razões, os porquês de tantas vidraças nuas e tantos quadros no chão e tanta acidez gástrica produzida por tantos cafés e tantos cigarros e o cheiro do onanismo sobre lençóis listrados azul e branco; começar a contar, sem emoção, com fluidez aquática e submersa, o que começou no dia 9 de maio e terminou a 27 de junho, entre as primeiras mechas e o derradeiro rabear do signo de Gêmeos. Contar o recheio desses dias e dessas noites não sem antes assentar pilares bem definidos de tempo, início e fim, simplesmente só para poder então se meter no meio como entre as capas de um livro de histórias de fadas e mergulhar nelas e esquecer a realidade porque essa história não se deixa contar a partir da realidade uma vez que história e lenda e ficção e para crianças dormirem logo deliciosas mentiras com gosto de licor de tangerina, morno farol sobre uma esquecida mesa de carvalho, enquanto bocas mordiam bocas com o hálito do amor dentro dessa redoma durante exatamente sete semanas, que também é conta de mentiroso e por que não? Contar é também mergulhar nessa matéria, obter a zona perdida onde mentiras se transformam em verdades solenes e o desejo em preces embriagadas não obstante meu duende estar rindo lá embaixo, sem saber que eu, nas nuvens de um sétimo andar, nessa redoma, Sodoma de mentiras, já terei salgado tudo ao redor. Porque, veja bem, meu querido, estou dando um tiro nisso tudo, cortando minha retirada, queimando a cidade por onde deveriam seguir-me tuas tropas, passando depois o arado nos campos e salgando-os porque não quero deixar esperança, a puta vestida de verde, nenhum rabo, nenhum inseto, nenhuma antena se movendo, nada e mesmo estar escrevendo a respeito, este exercício asmático e estéril, sobre um passado que não lembro, um futuro que não me importa, é perpetuar este presente de dúvidas claudicantes onde você se move (sim, porque você está do lado da lâmina, é só aumentar a potência das lentes do microscópio) e, veja, sempre para dentro, encaracolando-se cada vez mais para dentro, absorvendo seus próprios humores, cego, mudo, surdo e frio, como um peixe das regiões abissais do oceano, o meio ambiente apenas como extensão da tua dor e do teu prazer, esbarrando assustado em outros peixes cegos, surdos, mudos e frios (a luta no espelho, a eterna luta do macaco no espelho), esborrachando o focinho na parede de vidro que foi retirada do aquário há quarenta e cinco anos.

2

Todavia é preciso começar a contar, construir o edifício pouco a pouco e eu não o imagino como esses prédios elevadíssimos, rarefeitos, desumanamente simétricos, ou uma casa de campo, com seus dálmatas, crianças rosadas e sebes (esta palavra tão inglesa), ao alcance de qualquer comercial de margarina; tampouco o vejo como um castelo europeu, constante de todos os guias turísticos, bastando algumas horas de avião, um táxi e um bom par de pernas para conferi-lo, registrá-lo, catalogá-lo na memória — e esquecê-lo. Não.

Será como uma pequena e secreta capela espanhola que existe muito mais em meu coração que nos becos de Sevilha. E meu coração não conhece Sevilha, não precisa conhecer Sevilha nem qualquer cidade do mundo.

De arquitetura espanhola guardo vagas impressões (possivelmente via Hollywood, *Carmem*, *Sangue e Areia*, mas não importa) de pátios internos, baixas e sólidas construções ensolaradas, caiadas de branco, balcões, terraços, muito arcos e nichos, azulejos azuis, portais em ferro trabalhado, e um pouco de tudo isso eu colocarei na minha capela, mas meu maior carinho, maior amor, será para os vitrais, que poderão representar alegorias fúnebres — o leão deitado ao lado da espada partida — em memória ao guerreiro morto, ou mosaicos em perturbadoras composições de formas e cores que produzirão feixes de luz dispostos de maneira a desorientar infinitamente a monótona seqüência do espectro, pois a mim caberá iluminar minha capela, onde não quero portas de carvalho com dobradiças de ferro, e sim um portal encimado por pontas de flechas, que a manterá fechada e alerta e revelando seu íntimo esplendor, seus efêmeros jogos de luz e sombra, os nichos no interior dos arcos que conterão os vitrais, este trabalho de ourivesaria, e isso explica por que me detinha obsessivamente todas as segundas e quartas ao anoitecer diante da vitrine de Natan joalheiro (e o nome já não me surpreende, é o teu verdadeiro nome, tua forma, teu significado) atraída por aqueles pequenos relógios sem números só ponteiros, agulhas indicando um vago tempo dentro do minúsculo universo de vácuo de cristal dourado.

Um dia o sr. Natan também irá eliminá-los, disse ao vendedor que me fitou surpreso, alçando tão suavemente a arqueada sobrancelha loura como impelida pelo sopro de um anjo: mas, madame pode observar que é uma verdadeira jóia. Debaixo dos anjos, os verdes olhos britânicos: acho que tem razão, o tempo não tem mesmo muita importância, sorri fazendo girar entre os dedos um magnífico topázio, como o olho de um tigre: não posso comprá-lo, obrigado. Ele assentiu, britanicamente, guardou as peças e a partir desse dia não voltei mais àquela vitrine, esqueci os relógios sem ponteiros, os olhos britânicos, doces anjos de Ifigênia.

Embora ainda não soubesse já despontara a secreta capela espanhola em meu coração: Natan, o olho de tigre, os relógios, foram os abalos sísmicos que desobstruíram a canalização subterrânea, libertando o fluxo de consciência que sangraria pelos secos esgotos de Sodoma e que deságuam num mar interior que o coração desconhece.

3

Eu não podia prever quando se daria o encontro com Natan mas ele ocorreria. Impedi-lo seria como tentar deter a chuva, o outono que nos abandonava ou que o dia não sucedesse à noite mesmo porque estamos condenados a ver o sol nascer todas as manhãs.

Mas pressentia a tua aproximação semana após semana, teus movimentos ao meu encalço, os recados telefônicos rastreando minha ausência, um roçar de joelhos debaixo de uma mesa de bar em certa noite de amigos e confidências, palavras ambíguas trocadas mais tarde, aquele beijo hesitante sob as árvores de uma rua de Pinheiros, antes que eu abrisse a porta do automóvel e te visse desaparecer num portão de onde jamais retornaria, eu pensava, devolvida à madrugada, à solidão da máquina, às primeiras horas de um sábado solteiro e vagabundo, ao acordar às duas da tarde com a língua grossa, à odiosa circularidade dos dias e das noites, que é como o mesmo dia e a mesma noite: rabo da eternidade prateada e sem lembranças.

Logo, eu não tinha pressa. Seria inevitável. Era só te esperar, embora estivesses mais ou menos arquivado na categoria dos homens sobre os quais meus olhos não se detêm, ou se detêm apenas o suficiente para saber que devem ser mantidos fora de foco.

Um tipo longínquo e esquivo, sombra cingida por uma aura de fria malignidade como as águas geladas onde se desloca um tubarão, este fóssil predador marinho que desconhece o sono e a saciedade, e, uma vez acionado, nada pode impedir sua marcha em direção à presa, mesmo que não saiba o que espreita no fundo lodoso, entre as ruínas de uma cidade submersa, um contorno entre as ossadas, um mastro apodrecido ou nada.

Então, sexta-feira, 9 de maio, seu movimento me atingiu, vindo não sei de onde nem desde quando embora soubesse para quê, noite em que me embriaguei quase à loucura.

Lembro de uma solenidade maluca num hotel onde tinha de ficar em frente a um espelho que liquefazia e desfigurava figurões enquanto eu liquidava a garrafa de uísque gentilmente cedida pela diretoria até que uma voz ordenasse "pode sair", como nessas brincadeiras de pique. Depois fui flutuando para o estacionamento, vestida em seda preta, pairando sobre uma fulgurante Harley-Davidson 900 enquanto esperava meu carro.

De repente senti que o dia 9 de maio verdadeiramente começava agora, na festa onde encontraria os amigos e onde devo ter chegado graças aos sistemas mnemônicos de que parece ser dotado meu automóvel.

Lembro de ter descido umas escadas aéreas que pareciam não terminar, mas se esvair ou se transformar e desembocar num antigo porão saturado de intelectuais em diálogos de surdos sobre almofadões e banquinhos, envolvidos numa iluminação cambiante de fundo de garrafa desde cerveja à Slivovitz, como nessas festas americanas de aluguel onde cada convidado aparece com uma bebida debaixo do braço (logo eu que as tinha todas no cérebro), Mercedes Sosa intermitentemente na vitrola, e uma animação que vivia mudando de lugar, arrefecendo para explodir mais adiante, em focos diferentes, como se as pessoas fossem momentaneamente roçadas pelo mesmo demônio volúvel e brincalhão, sofreando e avançando por entre os grupos que se desfaziam e se recompunham na rotatividade etílica de alegres afogados chapinhando numa lagoa de pipermint.

Havia também aqueles que cultivavam a sobriedade e respectivas esposas, tranqüilos casais soterrados nos sofás frente aos janelões com grades de ferro negro retorcido em curvos desenhos de folhas e bicos de pássaros, sombras caprichosamente entrelaçadas como uma rede que suavizasse sua alma de prisão negramente estilizada contra a noite negra, alcançando-os através da brisa cálida, ainda que negra, irrespirável, de amáveis mentiras sussurradas, escavadas como fossos profundos entre eles e as danças, as palmas, a música e o ciúme.

Mergulhando e emergindo de abraços e cumprimentos, eu me enganchava em todas as rodas, enrolando na mesma cega meada fisionomias irônicas doentias, ridentes palavras incompreensíveis, supercílios, olhares diagonais tangentes; e então eu te vi, Natan, discretamente acompanhado de uma senhora que me lembrou uma meiga vassourinha, espaná-la já e já, pois era inevitável estar agora sentada ao lado da tua tensa presença escura, com medo, com desejo e esse espanto embriagado, debaixo do teu casco de sombra e no mesmo sofá onde uma atriz ilustre ensaiava uns emperrados passos de rock feito um velho guarda-chuva e eu a observá-la com uma secreta satisfação perversa, enquanto Lady Vanity soluçava pelo casaco e alguém que a levasse para casa, que não adiantava despedaçar o cálice que já continha as águas da Estígia, restando o meloso consolo de chafurdar nessa imortalidade artificial e adormecer profundamente graças aos Laboratórios Lepetit.

A tua presença ainda era como uma espreita atrás de um tronco, um destino de cartas e ciganos, um convite para tomar café. Claro, o café. Um meteoro riscou meu cérebro turvo, como um presságio: sim, já era o café, a primeira cutilada é sempre muito leve e o choque amortece a dor, a profundidade do corte.

Doeria depois, por isso apagou e não pensei mais nisso. Botando compressas, falavas vagamente de motivos e atenções e compromissos, enfim, colocar a vassourinha (que se varrera discretamente para a cozinha) no seu devido lugar, ou seja, uma simpática casinha em Santo Amaro.

Muito gentil e organizado esse Natan — pensava ao me despedir — se é que pensa alguém que se sente brutalmente feliz e louca, beijando pilhas de caras rígidas como se lambesse melancias num supermercado, pois gasoso, volátil, meu espírito se deixava absorver pela tua tensa presença escura que o levaria ao único lugar possível para então tomar forma, se materializar e dar o que era devido aos nossos demônios, rindo como idiotas às nossas costas, as línguas afoitas e trêmulos de excitação eles escorriam pelas minhas pernas, trepavam pelas tuas virilhas, e se eu te pedisse nesse momento, nesse inferno, pra enfiar a cabeça na merda, você enfiaria, arrancar os intestinos e depois se enforcar com eles, você se enforcaria e quer dizer então que se eu te oferecesse de novo, infeliz, você morderia?

4

Por isso naquela noite teu apartamento não existiu como um lugar no espaço, um ponto qualquer na geografia da cidade, suspenso nesse deserto onde vaga o desejo.

Sob um guarda-chuva branco, à guisa de lustre, você sorvia o café, forte e doce, fitando-me sentado à mesa, a luz torturando, como um olho arrancado, teus traços agudos de súcubo a se fazer dócil porque infinita era a tua cobiça; a luz impiedosa fustigando teu rosto pálido e teus olhos eram seteiras onde arqueiros sonâmbulos espreitavam o fogo de batalhas perdidas há séculos.

Então você apagou a luz e deitou-me sobre as almofadas espalhadas no tapete. No escuro teus lábios tatearam o caminho do meu rosto até o local exato de um beijo amargo. Tuas mãos grossas acariciavam meu corpo com essa falsa ternura de garras escondidas, evitando os desejados portos do teu destino, porque tua experiência de sedento te ensinou que uma manobra menos hábil, uma mudança no vento, e as ilhas desaparecerão.

Depois a cama, o quebra-luz de ferro na cabeceira, e você pedindo para eu tirar meus colares, horríveis, você disse, parecem correntes, como de fato, Natan, enquanto eu me debatia nessa ciranda flutuante dos primeiros sussurros, dos primeiros afagos de gata amontoada sobre aquele homem cuja expressão de pecador embriagado me avisava que este seria apenas um adiamento, um indulto de Natal, porque é eterna a tua espera no fundo do poço escuro.

Meu ventre afundou suavemente na úmida sepultura limosa do teu corpo extenuado que cedia e se deixava colher pela delicada trama das minhas amorosas carícias embriagadas, como se pudessem ressuscitá-lo de tanta morte, de tanto sono e de todo o mal.

5

Ao meio-dia os telefones começaram a tocar e então nos vestimos e você me levou até meu automóvel que, na noite anterior, eu abandonara numa travessa de Perdizes.

Sob o sol te vi arrancar e desaparecer na primeira curva, sem acenar, sem olhar pelo retrovisor: não era preciso. Nós o invocamos e ele veio, com seus passos trôpegos, seus olhos vermelhos. Nossas bocas amanhecidas, nossas línguas em preces esquecidas, durante a noite, conseguiram realizar a alquimia, destilar o veneno, pronunciar o verdadeiro nome do amor.

6

Mas não, não te deixaria ir assim; não é possível que mais uma vez me aconteça ser o centro disso que vem de outra parte e, ao mesmo tempo, como que me expulsa do que é mais meu; não irás embora tão facilmente, alguma coisa terás de me deixar entre os dedos, um pequeno relógio sem números, qualquer das imagens que formaram parte daquela explosão silenciosa, a impressão de que o dilúvio era sempre antes e depois de ti e que o mundo já não tinha a mesma fisionomia; já não era mais possível algo como o nevoeiro do Largo de Pinheiros e a sensação de estar completamente só e perdida no meio do trânsito das seis da tarde de um 19 de maio, e que era preciso encontrar-te, amor meu, respirar, desembaraçar-me dos fantasmas que me cercavam dentro dos automóveis, eu olhava aqueles que partiam nos ônibus, nos pontos de táxi, cerravam as portas das lojas, batiam à máquina ou escreviam ou conversavam ou fumavam nos escritórios ainda acesos nos prédios, olhos vesgos do demônio, e que todas as ruas transversais fossem confluir, começar e terminar, sempre no Largo de Pinheiros, onde um nevoeiro de princípio de mundo estaria eternamente a envolver a torre da igreja, derramando espessos véus de vapor e amônia, obstruindo a visão, aderindo aos vidros do automóvel, cujas rodas atolavam em pântanos de silêncio, enquanto lá fora talvez começassem a rastejar e a gemer as primeiras plantas carnívoras e metálicas e a trepar e a se agarrar nas janelas fechadas, implorando para entrar porque não pareciam súplicas antes esse contorcer que é a origem do terror, aquilo que me impelia a subir a ladeira insuportavelmente íngreme até a torre onde respirava aquele que acabara de nascer e que me esperava porque agora já não havia ninguém mais a esperar; e então chegando ao topo da ladeira, penetrando no saguão do prédio onde outro fantasma vestido de porteiro fingiu abrir a porta, eu ainda acreditava.

No elevador, eu também acreditava, quando apertei o botão número sete, e quando lá em cima, um abraço ainda atrás da porta concentrou-se em todos os abraços da humanidade desaparecida, e todos os abraços que esta outra nascendo, daria, aprenderia, como um anel de fotogramas gerando perpetuamente na moviola Clark Gable e Mary Pickford num abraço eterno.

7

Naquele dia eu cheguei infinitamente e infinitamente você me abraçou sussurrando aperte-me, não fale, simplesmente me aperte, e o reflexo de um abraço nas janelas envidraçadas abriu o buraco do verdadeiro tempo, revelando, ao olho que espiava, a noite, os faróis, a cidade pulsando lá embaixo, o mês de maio, a vida, e então, lá no fundo, bem no fundo, lá onde espera o inconfessável ou teria sido nos duplos reflexos nas vidraças que justapõem o fora e o dentro em transparentes imagens misturadas num jogo embaralhado de aparências, no qual passado e futuro, real e irreal, mentiras e verdades se confundem, julguei ver dois fantasmas abraçados; entender a misteriosa simetria do amor que vira a morte pelo avesso.

8

Natan remexia monotonamente o café com a colherzinha.

Mergulhada numa enorme xícara de leite, eu acompanhava o gesto sem vê-lo. Era cedo, uma densa cerração cobria a cidade, como se os prédios também estivessem engolfados numa tigela de iogurte. Seria um típico dia de outono, cheio de vento, gordas nuvens inquietas sobre o azul cruel, cortante, aquele azul fotofóbico que não é feito de cor, que é feito de dor e ameaças, um maligno azul rascante e filho-da-puta, como uma bofetada injusta, um chute no saco dado por Deus ou pelo Marlon Brando.

Saciados e expulsos restava-nos o tédio e o zumbido dos chorinhos matinais da Rádio Eldorado, que sempre me provocaram nostalgia, uma solidão ordinária de chapéus de palha pendurados em cabideiros de mogno em tardes capengas de calor e digestão difícil de domingo na casa da minha avó, uma rua chamada Onze de Junho, o tique-taque do cuco sobre a cristaleira, a cesta das crianças nos dormitórios escurecidos por mosquiteiros, o cheiro de cera e naftalina, o rádio da sala, uma espécie de tenebroso caixão de defunto cujo som parecia corroído pelos vermes, serviço fúnebre a domicílio — era só ligar a tomada. Não sei por que tudo isso me chega até hoje tão agudamente doloroso; mesmo nos dias de festa quando os adultos levantavam a tampa de madeira maciça daquele móvel e surgia a vitrola com seu prato de camurça marrom, a voz de Gardel também soava como se estivesse cantando amordaçado dentro dum cesto de roupa suja.

Por isso era inevitável que te visse agora como alguém que insiste em cutucar os próprios furúnculos, algo que conduz à sacralização expressa pelos rituais, como este do café, dos cigarros, do rádio, de acordar cedo e se quedar ensimesmado, pensando na puta da vida ou pensando em nada, remexendo o café no fundo da xícara que, pouco a pouco, ia se transformando numa lama repelente de borra e açúcar, e assim por diante, e todas as manhãs, senão o resto do dia as coisas iriam de mal a pior, e eu sem saber o que dizer ou fazer nessas manhãs pegajosas; os surdos mecanismos que turbulavam em teu cérebro (não havia como detê-los) revoluteando como morcegos atordoados pegos fora da toca pela luz do dia, como uma coroa de cascas negras levantadas pelo bafo quente que subia da terra em verões mortos antes da tempestade que jamais desabaria sobre a tua cabeça, oh, não desabaria.

    A questão toda se resumia na ameaça, e então eu te olhava e via uma sombra socada dentro de vitrolas amordaçadas que também existiriam no passado de uma perdida cidade do interior pra onde você voltava todas as manhãs, tão próximo e ao mesmo tempo inatingível, porque vindo ou retornando dessa zona ninguém jamais se encontra, dessa terra de ninguém onde todos os ônibus partem segundos antes de os alcançarmos e sempre estamos perdidos em frente a um mercado com seu odor de peixe e fruta apodrecidos, numa praça sulcada por trilhos de bondes e perguntando pela rua Onze de Junho às pessoas que nos ultrapassam sem nos ver, carregadas de embrulhos, porque é sempre Natal e nós perdemos os presentes, mas será preciso chegar à rua Onze de Junho onde nos esperam com a mesa posta, e os pernis apodrecerão se não chegarmos a tempo, mas os telefones não funcionam e o farol abre nos separando para sempre de alguém num táxi que avança na enxurrada de automóveis e desaparece sob a chuva de papéis picados.

 É inútil fechar os olhos e tentar esquecer, espremer a alma só para senti-la ressecada, neste ponto nos separamos, amor meu, estaremos sempre sós onde realmente existimos, lá onde nos perdemos, mas eu continuarei te procurando, Natan, raciocinando caçadoramente, e é só o que me resta, porque me dói, eu sei que é inútil, mas dói acompanhar, numa expectativa que a ironia e o mau humor só podem classificar de canina, teus gestos sempre iguais, contemplar teus ruminares em penosa imobilidade de criança na missa, esta encenação em que nem o padre acredita, contudo repete todas as manhãs assoladas de tanto passado, um passado que não passa, um passado que é o cuco e a remota lembrança amarga para a qual não há perdão nem esquecimento, badalando eternamente a nossa irremediável servidão.

 Aliso a velha mesa de carvalho, tateando ranhos e sulcos que se cruzam, como trilhos abandonados se torturam sobre nódoas e manchas superpostas, camada após camada elas irrompem e se ampliam e adentram e se confundem e se fundem e se separam e desaparecem mansamente sob meus dedos que viajam como seguindo o mapa do corpo de uma mulher madura, os grossos rios estagnados de uma a uma de suas varizes, enfiando-se nas crateras de antigas vacinas e cicatrizes, a lenta pátina do tempo, este espelho cruel, refletindo a pele baça, erodindo-a, abrindo fendas, enrugando-a, consumindo a seiva da vida e, ao se despedir, deixando um longe de flores murchas, esse perfume comovente das coisas que já não oferecem perigo, pois, como temer alguém de quem podemos ver a topografia dos trejeitos e faceirices, tiques, velhos sonhos, tolas ilusões e preconceitos, tudo o que produz seu discreto encanto sereno, sem disfarçar a indigência mofada, pungente, paralisada, entre a novela das oito e a sepultura?

Olho os quadros, *A banhista adolescente*, de Renoir, *A camponesa*, de Bruegel, com o livro no regaço, os cinzeiros de barro, as estatuetas gêmeas, a faca de cortar papel, o porta-lápis de metal, os vasos, objetos exaustivamente decorados até os mais insignificantes detalhes; aquela avenca, por exemplo, vê-la todas as manhãs à mesa do café é como aceitar uma condenação imposta a outro ou, o que é pior, compartilhar a mesma canga, as mesmas algemas, e estou prestes a concluir, quando você, sem tirar os olhos da xícara, diz: "convidei amigos para esta noite", numa voz grave, anasalada que desafina ridiculamente. "Merda", você limpa a garganta, "estou fumando demais", e eu desvio o rosto para que você não perceba o esboço do risinho impiedoso, afinal deve ser bastante penoso, "espero que não se importe", sair da escuridão e enfrentar a claridade, "preferia ficar só com você", é sempre a mesma coisa, a tensa presença escura, "ficaria chato desmarcar agora", porque há uma parte de mim que recua, "claro, será ótimo", e não cai no laço.

Uma ponta de tristeza, outra de condescendência estica teus lábios arreganhando-os num esgar (isto que põem na boca os que não têm direito ao sorriso) de ternura, "minha garotinha", roçando meu queixo porque todos brincam com o queixo das garotinhas, então os dedos se abrem apanhando meu rosto neste inútil afago desesperado atrás do vidro, tão inútil e tão desesperado como se tampando a vitrine, o doce desaparecesse e, com ele, a tua fome, daí fingir uma presença alheia, casual, defronte à confeitaria.

Mas basta fechar os olhos e lá estará você, babando, rondando. Uma jaguatirica dentro da jaula a hipnotizar sua presa, mantendo-a ligada pelas invisíveis malhas da piedade e do desespero, gravitando eternamente em torno do número do teu telefone, porque ele também significa ombros amigos, orelhas quentes e tanta gentileza, quer dizer, todas essas coisas nas quais se enreda e depois não consegue sair porque não é isso que você quer, enquanto o laço se aperta.

Debruçada no peitoril da janela, eu sabia que você me olhava, esperava.

Bastaria avançar alguns passos para restabelecer a trégua de ritos e jogos, de antigos cerimoniais que levam ao amor os corpos egoístas, obstinados negadores da outra solidão que estaria nos esperando aos pés da cama e onde mais uma vez cairíamos enlaçados, confundindo as mãos e as roupas, mergulhando numa falsa eternidade recorrente, como naquele almoço em que dancei para você, uma manta escocesa sobre o corpo e você disse: "Essas cores ficam maravilhosas sobre a tua pele." E me olhava com êxtase glorioso, mas não era a mim que você via, não eu, não uma mulher chamada Diana, nascida há 28 anos no bairro do Paraíso, filha de imigrantes alemães, dois abortos, vários prêmios de religião no colégio, os olhos vazados de sonhos, eu era apenas mais um deles, outro fantasma, de maneira que prefiro ficar aqui, de pé, na janela, vestida apenas com essa tua camisa de lã que, distraidamente, ao fechar só até o terceiro botão, inverti o que chamamos, com tanta propriedade, ordem natural das coisas, velando o permitido, revelando o proibido, o baixo-ventre, o tufo castanho de pêlos, o sexo úmido, bastando apoiar um pé sobre o joelho para desabrochar neste insulto, neste desafio obsceno, nesta ofensa frontal e sem revide, neste milagre da natureza, mas tu estavas embriagado e teus olhos pareciam jabuticabas podres.

Todavia, continuo aqui, a dois metros do teu abraço, um animal que poderias alcançar se conseguisses restabelecer o tempo, quebrar o sarcófago de vidro onde estás metido, fumando e remexendo o mesmo café há 45 anos, crosta após crosta.

Uma ferida sangra lá embaixo, mas não sou eu quem irá enfiar a mão nessa gangrena, por isso apenas te fustigo ociosamente, gato que se enlouquece com uma pena, com meu sexo, esta dolorosa metonímia, esta que, verdadeiramente, sangra em ti, embora prefira bancar o coxo a perseguir nuvens, justamente porque coxo e porque este será mais um típico dia de outono, as nuvens gordas, o azul.

9

Depois do café, voltávamos sempre para a cama e, debaixo de lençóis frios e gosmentos, a luz da manhã alta penetrando pelas frinchas, ferindo como lâminas meus olhos insones, tu retomavas uma distraída, obstinada escavação de furões e toupeiras pelos recônditos orifícios do meu corpo exausto, sem deixar de repetir que me amavas muito, muito, muito. Teu sexo roxo, molemente aninhado entre as coxas branquicentas cor de mandioca, como uma pequena berinjela, entre outras metáforas tão vegetais.

10

São quatro horas da manhã e ainda permaneço nesta sala que parece ter sofrido uma espécie de bombardeio. Por um confuso motivo que já nem lembro, viraste para o outro lado e eu não suportei ficar na cama, olhando obstinadamente desperta, a tua silhueta de gordo peixe gelado, tenazmente embarafustada na rede de um sono hostil.

Fumando talvez o quadragésimo terceiro cigarro desta noite, eu começo a admitir que devo ter uma espécie de gênio para escolher meus amantes.

Eu poderia ou deveria voltar para a cama, já nem sei, estou cansada e com frio e nos entenderíamos. Também não sei exatamente por que continuo aqui, uma vez que — mas seria inútil — significaria ainda ter esperanças e há muito que perdi este direito; esperar sem mais esperar, eis tudo: batendo os queixos, uma rala manta sobre os joelhos, entrando nessa região crepuscular onde a euforia (providenciada caridosamente por duas garrafas de vinho tinto) já começa a nos abandonar, e uma náusea vagabunda que precede a ressaca vai se instalando, nos devolvendo ao corpo azedo o travo amargo de quarenta e três cigarros e à lembrança — o nítido tapa dos objetos —, ao seu contorno, sua forma, ao significado dos cinzeiros transbordantes de guimbas chamuscadas, "e olhou para Sodoma e viu que se elevavam da terra cinzas inflamadas como o fumo de uma fornalha", pilhas de copos e garrafas vazias, queijos roídos, guardanapos manchados de vinho e batom, "fez, pois, o Senhor chover sobre Sodoma enxofre e fogo vindos do céu", empastelando o tapete de um lodo cinzento "e destruiu estas cidades", e, como a mulher de Lot, inventariando os escombros onde repousa a arqueologia fermentada das paixões, os miasmas fosforescentes que emanam do suor, da saliva, do sangue que gruda nas roupas íntimas no cesto de roupa onde também são atirados os lenços úmidos de lágrimas, sim porque também há lágrimas e por que não as lágrimas?

Se é por ti que estou chorando, amor meu, perdido numa cidade do interior há trinta anos onde o fantasma de uma longínqua normalista de golinha afogada, saia de pregas e ar modesto prossegue habitando os sonhos de um adolescente que também teria chorado numa noite simétrica a esta, lambendo o gosto salgado de uma outra impotência, o visgo ácido de um corpo de potro xucro e depois tiritado debaixo de lençóis frios e sentindo-se como um vômito. E será esta matéria, este ranço de tanto passado deixado para trás que te conduz ao sono e me condena ao quadragésimo terceiro cigarro solitário e a ver o dia nascer, fiel como o mau hálito?

11

Estou girando cuidadosamente a chave na fechadura quando ouço tua voz, um sussurro às minhas costas:

— Você não foi dormir?

Como acho irrelevante responder a perguntas retóricas, levanto a sobrancelha, a mão no trinco.

Natan enrolado num cobertor castanho, cara britada de sono, a cabeleira negra amarfanhada em algo como um capuz disforme em torno da cabeça, parece um monge expulso do claustro pelos ratos.

— E esta bagunça? — faz um gesto majestoso. A fímbria do cobertor varre um canapé de patê.

— Não sei... e depois, você sempre esquece o detergente — lembro.

— Diana, eu te amo.

— É. Mas isto está inabitável.

Olho ao redor, depois fixo Natan. A expressão de exaltada ternura já havia desaparecido. Um tremor perpassa seu rosto antes de restabelecer a máscara habitual, composta pela contração mesquinha dos lábios.

— Como quiser, te acompanho até o carro.

Arranca, num movimento brusco, a manta dos ombros que, felizmente, aterriza no sofá. Veste apenas a camisa do pijama.

— Está frio lá fora — aviso indicando as vidraças.
— É? Passa por mim em direção à cozinha.
— Vou fazer café, você toma e depois vai.

Minha mão escorrega pelo trinco.

12

Estou adormecendo sobre as xícaras quando Natan me toma nos braços.

No quarto, me despe com eficiência e delicadeza, ciência aprendida nos sonhos que transmitem ordens precisas aos dedos ágeis que descem zíperes, soltam botões, resvalando sem ferir pelo náilon e pela seda, dobrando cada peça e depositando-as numa cadeira, tratando-as como partes do meu corpo, algas que aderem à intimidade e ao calor secreto dum organismo e dele recebem vida.

De olhos cerrados sinto a tensa sombra escura mergulhar sobre mim e então a primeira fisgada. A segunda. Mais uma volta e estará tudo terminado.

Esquecerá a resistência da pedra. Não lembrará o gosto de sal.

Todos os Amores

"E escreverei te quiero nas águas do mar"
— de um filme esquecido

— É aquele. Se não for ele não será nenhum outro — disse a Paula, casual testemunha que me acompanhava e que de modo algum poderia prever (como sequer eu mesma naquele instante) que esta não seria mais uma das tantas escolhas no âmbito dos homens presentes numa galeria de arte mas que, insuspeitadamente, iria abranger todo o meu horizonte de homens.
A galeria se desdobrava em assimetrias, contornando desvãos e desvios até convergir num pátio com tanque central onde imprevistamente se chegava ou não. Havíamos completado a terceira volta pois afinal de contas era sempre possível retornar ao mesmo ponto, quer dizer, ao vestíbulo onde vi Marcos que me pareceu então muito jovem, enquanto eu o observava conversando com uma mulher, já sentindo a cutilada do medo por baixo do frio desdém com que dizia a Paula, mas é tão jovem, presumivelmente a razão de ter tomado outro gole de uísque,

um bom gole, relanceando distraidamente um olhar pelos quadros, bom, *deviam* ser quadros, uma galeria de arte é um lugar onde sempre há muitíssimos quadros, ainda que não se pudesse ter certeza, uma vez que ocorriam, bem me lembro, aqui e ali, elementos a serem descritos talvez mais corretamente como intervenções ou seriam instalações ou por que não ocupações vivas e mortas ou ambos, é moda redefinir quase tudo e particularmente *isto* para o que me faltam palavras, encontráveis apenas no catálogo, todavia estes elementos pendurados e imóveis para as quais continuam faltando substantivos à medida que se multiplicam os adjetivos, claro, sempre disponíveis na caixinha de primeiros socorros e boas maneiras, outro gole reforçado e completava-se mais uma volta e novamente eu retornava ao vestíbulo e lá estavam os olhos negros, estreitos, arredios, pontas de alfinete deslizando velozmente entre o rosto da interlocutora e o carrossel dos que passavam, cores e volumes que seus olhos velozes riscavam, portanto seria inútil que eu, mesclada à massa cambiante, tentasse retê-los, melhor aproveitar a invisibilidade para observá-lo (a palavra seria *tocaiá-lo*), como um tigre espreitando o veadinho à beira do lago banhado pelo luar africano (sinceramente eu devia escrever novelas de aventura) avaliando os ombros sob a camisa branca, acariciando-os de longe, como as velas de um navio que se abandona aos invisíveis braços do vento, as calças de marinheiro sugerindo tendões e virilhas, os dedos inquietos, nervosos, mergulhando na corredeira dos cabelos desalinhados pela mesma mão que agora descia e capturava um cigarro no bolso e o acendia distraidamente concentrado numa conversa interminável, quando pareceu estacar e mudar de rumo, o instinto animal alerta, irresistivelmente atraído para o centro silencioso dum olhar duplo, lentamente fixando a boca da mulher que, num relance, reconheceu — imprevista como um presságio — mas ela já desaparecia entre os convidados. Voltaria? Imóvel em meio ao diálogo interrompido, atento aos sons e perfumes indistintos, ainda inconsciente do que viria, trêmulo e excitado, como alguém que pressente o mar.

Ao longe, ela o viu avançando em sua direção, ansiosamente os olhos estreitos, vesgos, indecisos, cegos, velozes, girando em falso: seria medo? De mim?

— Não de você, idiota — disse Amanda puxando-me pelo braço. — Possivelmente de Diana Marini. Mas ele já estendia a mão, sorria.

— É Marco — reconheci. E Amanda:

— Então se já o conhece, liqüide-o.

* * *

Eu o conhecera há quatro anos. Corrigia as provas do meu segundo livro e fora levá-las ao estúdio da Rua dos Ingleses. Chovia miseravelmente, a noite e o frio avançavam e talvez fosse quinta-feira. Ao cabo de um corredor ruinoso, entrava-se na sala escura e lá estava o sujeito sentado atrás duma prancheta ao lado do telefone, no chão, absurdamente, um gato de ferro. Marco era assistente do editor ou algo assim.

Na época, eu estava obcecada pela literatura, mas aquilo que, na época, não passava de obsessão histérica, só bem mais tarde se transformaria em destino, fado, determinação. Preocupava-me tanto com a danação da minha alma quanto com a chuva ou o granizo ou o marco da Praça da Sé.

Naquela noite, enquanto Marco insistia com o fato de já ter me conhecido no passado (antes Diana Marini, não a mim) eu o observava, avaliava, podia avaliá-lo cara a cara: *nem que eu fosse invisível, porque ele vê unicamente a outra que não existe, aquela que não sou.*

Lembrando a tarde no estúdio, a visita breve, minha expressão urgente e irônica, imagino que tenha sentido ódio de mim (não de você, idiota, de Diana Marini), ainda que vago, mesclado a outros ódios sem objeto ou direção. E, uma vez que o ódio permaneceu secreto (para ele, que se julgou esquecido portanto a salvo de mim) não havia por que se expor, a menos que não fosse ódio, a menos que fosse apenas um disfarce mais nobre para o ressentimento de ter sido ignorado, e então sim, será preciso confessá-lo (a si próprio e a mim) para ter a chance de começar a existir aos olhos desta mulher pela qual, esta noite na galeria, compreendeu que estava — que sempre esteve — apaixonado.

Enfim, eu disse a ele que, quatro anos atrás, nada que não fosse meu trabalho, e as coisas que a ele estivessem ligadas, me interessava. O que pode ser uma falha imperdoável, quase uma deformação, na personalidade de um escritor jovem cujo coração supostamente precisa estar aberto. Ser disperso é um erro, talvez o pior para quem realmente queira fazer seu trabalho e isto coloco na balança como saldo a favor, sem ser demasiado otimista, porquanto penso em Fitzgerald, um talento destruído pelo álcool, pelas paixões, por vagas ambições, isso é uma merda, sem excluir a vaidade, contudo também penso em Hemingway, cujo oposto, a disciplina, também o destruiu, engessando seu espírito prematuramente.

Mas não estou relatando os fatos.

Há dois anos, através de Amanda, reencontrara este Marco que agora trabalhava com o imponderável Kojima num estúdio na rua Santo Antonio. Era um sábado abafado no início do verão, quando atravessamos um portão de ferro, tropeçando em estúpidos vasinhos e entramos no sobrado, onde o estúdio ocupava duas salas nuas com sujas vidraças emparedadas entre quintais atulhados de lenha e rumores de pratos: os fundos das cantinas vizinhas do Bixiga.

Amanda adiantou-se, perguntando por Kojima ao rapaz sentado atrás da prancheta. Eu permanecia alheia, em parte por discrição mas sobretudo por uma atordoante sensação de *déjà-vu*, devolvida àquela outra tarde, ao casarão sombrio, ao mesmo rapaz sentado atrás duma prancheta respondendo a Amanda com monossílabos, o sorriso automático, como tentando livrar-se de nós e contendo a irritação pelo fato de ter sido interrompido.

Interrompido em quê? — eu me perguntava, examinando a sala nua, o telefone negro grudado ao chão como um gato de ferro (então fora isto? não havia gato algum e sim a negra presença imóvel do telefone?), repetindo para mim mesma, em quê? Interrompido em quê? Admirada com a figura daquele homem tão improvável quanto um jovem conde em sua mansão de Gstaad, tão simples e absolutamente perfeito, como uma laranja ou uma rosa são perfeitas, algo que a natureza fez definitivamente, tão abstraído do espaço quanto do tempo — da sala nua, do telefone mudo, da sombra do gato, da noite, do sábado, desse verão que seria único em toda sua juventude mas ele jamais saberia — que imediatamente decidi esquecê-lo.

* * *

Na saída, Amanda: por que não liga? Para encerrar o assunto, anotei o número (de quem? Dele? Do gato?). Evitando ler novamente (porque eu memorizo qualquer coisa que me interesse), rasguei o papel, joguei fora e não pensei mais nisso.

O reencontro na galeria se deu ao cabo de ano e meio quando eu apenas sobrevivia a despeito de Diana Marini que prosseguia contaminando a realidade, como estas mentiras que com o tempo adquirem vida própria e se tornam verdade.

— Quer dizer que você escreve sobre seus amores? Teve tantos assim? — disse Marco sentado na borda do tanque.

— Nem que eu fosse a prostituta da Babilônia — sorri (*mas agora não havia mais ninguém, nunca houve, não percebe?*).
— Não, mas dá impressão que sim — disse Marco.
— Está ficando famosa. Quer mais vinho? perguntou levantando-se, indo até o bar.
— À famosa Diana Marini, brindou Marco, voltando com as taças: seus olhos oscilaram antes de me fixar, mas já não eram alfinetes, antes espelhos escuros do lago.

* * *

Não precisei esperar: telefonou na manhã seguinte. Só pode sair na sexta? Por que esperar até sexta, garota? Ligou três vezes durante a semana. Mas o coração, este sim, esperava: chegava sempre atrasado, me abraçava expondo a pele macia dos antebraços, como alguém que entrega a alma para sempre. Pensei: é um idiota, pensei: é perfeito, pensei: está mentindo.
— Gosta de comida japonesa? — perguntou no automóvel.
— Odeio — respondi, examinando o furgão velho, azul-celeste e enferrujado.
— Esplêndido — disse Marco. — Vamos ao Tangi na Liberdade.
É fatal, pensei. Deixamos as tigelas intactas, levamos os pauzinhos de lembrança.
— Venha conhecer minha casa — disse Marco.

Não conseguimos comer, falamos até ficar roucos por sobre postas de peixe cru, mas o saquê estava ótimo, imagine, teríamos bebido estricnina sem dar pela coisa, como se algo pudesse molestar a quem espetos furiosos revolviam as entranhas, voltas e mais voltas violentas, mas que fome insaciável tinha esse demônio cujo nome é impronunciável.

Naquela noite não conseguimos trepar.

E lá estava a casa, a árvore de flores amarelas invadindo a sacada, o pequeno portão de ferro, o estúdio atulhado de impressos, pranchetas, pontas de cigarro que, naquela noite, não vi, pois subimos diretamente ao segundo andar, de forma que não conheci a casa para além dos patamares da noite. Porque aquela noite foi antes de tudo uma pequena flor amarela com que Marco trespassou meus cabelos num preâmbulo de posse, as pétalas que envolveram meu corpo, incenso e mirra no altar do amor impronunciável.

O corpo esplêndido (que eu já adivinhara) ajoelhou-se diante de mim que dupliquei seu gesto, e de joelhos, frente a frente, como frente a espelhos, devolvemos a prece silenciosa que ressoava com as mesmas palavras, ao mesmo tempo, de coração a coração, abrindo caminho por entre incontáveis barreiras, avançando em meio a um dédalo de emoções inúteis, lançando as pontes para chegar até o outro, do outro lado, atravessar. No abraço formávamos uma escultura de coleópteros e hidras e deuses Janus, Cristo duplamente crucificado na sombra do amor impronunciável, dessa palavra cuja repetição a transforma em blasfêmia que empalidece e bruxuleia e apaga e esquece até sentir o corpo afrouxar-se no amarelo das flores que jaziam miudamente brincando de roda em torno do corpo de Marco, silenciando o perfume que foi se alastrando na sacada invadida pela madressilva.

Os raios do sol me atingiram como patas de tigre. Ao meio-dia, estávamos nus no terraço, a excitação insone latejava, devorando o sábado, eu retornava da claridade para a sombra, o rosto em chamas, como se tivesse saído do inferno, me sentindo uma personagem de Huxley em *Eyless in Gaza*, mas não era bem assim, não era literatura, porque agora Marco me mostrava suas finas esculturas trançadas com fios de aço lembrando bicicletas malogradas, e novamente a noite, o desejo, a madressilva, senti-lo crescer, novamente enrijecer e minguar e enrijecer e minguar e enrijecer entre cálices de vodca: como viver agora, merda? Pensar em Marco era como pensar no universo. Impensável. Imaginá-lo infinito? Com um fim?

— Faz três dias que estamos nisso, disse Marco. — O que está acontecendo?

Penso: você é um idiota, uma estrela não pensa, mesmo depois de morta sua luz prosseguirá castigando as pálpebras cansadas de gerações insones.

* * *

Pensei que desta vez fosse como sempre: o repentino abalo sísmico que apenas guarda a ameaça da sua potência restrita aos copos da cristaleira, aos cristais jogados no lixo. Mas não. Porque pensei que não tivesse coração, não havia nascido com ele. Ou que tivesse, aos seis anos de idade, comprado a minha paz, pago por ela debaixo de uma paineira estrídula num pátio da infância por entre os gritos dos pássaros e das outras crianças, em meio ao horror daqueles recreios solitários, em nome de tudo isso eu jurara esquecer que pertencia à humanidade.

— Todos os meus amores — diz Marco debaixo da madressilva.

— Você não fará com ele o que fez com os outros — ameaçou Amanda.

— E eu digo que você o está protegendo! respondi, mas depois, abaixando a cabeça: — Está bem, vou tentar.

— Vou fingir que confio enquanto você finge que não me sacaneia! — disse Amanda.

— Está bem, está bem.

Mas era difícil aceitar que Marco fosse um homem igual aos outros (ou até um pouco menos) porque eu queria um espelho, a imagem à altura da minha deformidade convertida no que chamo de necessidade implacável de perfeição, e, acima de tudo, não me entrava na cabeça que Marco não passasse dum miserável sedutor bobalhão que não sabia sequer exercer a sedução em seu proveito e com resultados concretos. Desprendido de tudo, tal como o conheci, ele e o gato de ferro: ordem, estruturas, dinheiro, bens, profissão, desapegado não por natureza, antes por irresponsabilidade; despojado por não querer se comprometer, então nada pedia ou queria ou conseguia reter ou conquistar para si.

Alguém com quem ninguém se importava (e não ao contrário, como julguei no início, aquelas bobagens de jovens condes e castelos em Gstaad e laranjas perfeitas, eu devia escrever contos de fadas para débeis mentais), nem saber de onde vinha, para onde ia e onde quer que tivesse estado: o que logo se via é que nada deixava atrás de si. Dava a impressão que andava assim há tanto tempo que o seu ser se dispersara e distribuíra e que agora não possuía senão uma casca transparente e vazia. Nem era esperto o bastante para se esquivar do trabalho, pois para isso é preciso arte e manha, como aliás para tudo o mais, como matar ou roubar, é preciso ter em mira um objetivo definido, o que não era o caso.

— Eu não valho a pena — repetia Marco.

* * *

Na sucessão dos dias que pareciam tecidos numa rede de fios metálicos (assim como tuas voláteis esculturas, infinitas variações frustradas de uma bicicleta que você *não ganhou* no Natal de 65 ou algo assim) porque eu não conseguia lembrar-me de outro verão mais impiedoso que aquele de 1984, quando me saturei até à vertigem da tua casa absurda. Seguramente posso dizer que ainda hoje vago por aqueles espaços que não compreendo ou compreendo confusamente como reflexo da tua confusa maneira de viver: o pequeno jardim com a enorme árvore rugosa cujas flores amarelas pareciam implorar entranhando seu ácido perfume debaixo dos pés que as esmagavam, superpondo nossos rastros no vestíbulo de entrada — uma opressiva câmara permanentemente entulhada de volumes impressos, ou melhor, de centenas de exemplares de um único volume encadernado em couro marrom com frisos dourados de uma vaga edição comemorativa do jubileu de um clube não menos vago (uma espécie de suma de todos os clubes obscuros de amigos de bairro extintos por algum bombardeio).

No papel acetinado dum bege esmaecido proliferavam fotos sépia imortalizando sujeitos afogueados entalados em casaca, desatando fitas comemorativas, matronas imponentes de brocados e tiaras, longas mesas de banquetes cheias de garrafas, copos, pratos — as guarnições do efêmero e transitório fixadas indelevelmente para nada, para nada — caras gordas e rubicundas ou magras e hirsutas em perspectiva sempre presididas por um cidadão altaneiro em meio ao discurso congelado contra o flash e um fundo de postigos poeirentos, a atmosfera saturada de fumaça e vapores festivos; então textos e assinaturas, textos e mais fotos agora de velhas armas, punhais e brasões cujas legendas poderiam ser suprimidas não fossem repetir-se duplamente explicando que isto era um brasão, aquilo, um punhal, e isto também e em cada um dos volumes que eram centenas subindo infinitamente pelas paredes do vestíbulo já sem nenhum interesse nem utilidade, salvo o de afastar intrusos daquele buraco de nada.

À esquerda, uma porta abria para o interior da garagem. Havia uma mesa dessas de carpinteiro (depois Marco explicou-me que a usava como banca de trabalho para suas esculturas), daí os pedaços de arame espalhados, latas de tinta endurecida e a perpétua obscuridade com seu cheiro de abandono e preguiça.

Então eu sempre tropeçava no primeiro degrau do sobrado onde corria um fio telefônico que perseguia Marco por toda a casa, como o rabo interminável dum cão sem dono atrás do dono inexistente. Por razões que não vêm ao caso, ele não queria instalar extensões, preferindo emendar aquele fio absurdo e se eu estivesse maluca (como de fato estive) eu o imaginaria um novo Teseu (de mim, Ariadne) se não soubesse que por baixo do pretenso herói regurgitava o verdadeiro dono e príncipe desse labirinto — aquele que investe e chifra o ar atraído por um pano vermelho.

Ao centro, no andar inferior, o estúdio de trabalho propriamente dito, que Marco dividia com dois sujeitos, como se alguém pudesse organizar-se dentro daquela indescritível natureza morta de pranchetas, papéis rabiscados, compassos, estiletes, instrumentos diversos de desenho, sem janelas e com um banheiro encravado bem no meio da área compreendida por estúdio, cozinha e quintal, cujo teto — uma superposição de velhos pára-brisas de automóveis, à guisa de clarabóia, eu acho — funcionava como uma espécie de câmara ardente para quem quisesse meditar (inclusive eu, que tentei escrever ali vários fins de semana) exposto aos revertérios solares, deitado na rede pendurada singelamente por Marco ao lado de um pé de cacto, dando um tempo entre o, digamos, trabalho criador e as visitas ao banheiro. Neste clima vivia o objeto da minha paixão.

Dependendo do ângulo de visão Marco era tudo isso: sublime e ridículo.

A nudez desmantelada do interior do sobrado (um colchão de casal, coleções de gibis, elásticos azuis, um gravador quebrado, três calças jeans, camisetas, dois cabides com tripé e um espelho três por cinco rachado) que poderia ser atribuída à falta de grana, de jeito, despertava inevitavelmente cuidados maternais entre o elemento feminino, sentimentos que, curiosamente, Marco dizia odiar em nome daquilo que chamava sua liberdade — a estúpida preservação de tantas coisas imprestáveis unida à ausência quase absoluta do que seria essencial (tais como armários, travesseiros, lençóis, pasta de dente).

Os poucos móveis amontoavam-se numa disposição ilógica e obscura com o propósito de dificultar os movimentos de quem vivesse e se movesse por lá (para entrar no quarto pisava-se no colchão que, entalado entre dois criados-mudos, obstruía a circulação, de forma que os lençóis viviam manchados com marcas de pés) além da desvalida impessoalidade daqueles cômodos despidos de objetos que testemunhassem a história de Marco, suas manias, sua biografia, sua presença no tempo congelado do porta-retrato, não havia nada: se Marco mudasse de repente, a casa restaria intacta, como se jamais tivesse sido habitada debaixo daquela silenciosa e perfumada madressilva, sob as frias estrelas que da sacada deserta num verão fora do tempo e em nenhum lugar (*Out and Nowhere*, como naquela música de Charlie Parker) alguém contemplara em vão.

* * *

Bruscamente compreendi que tudo que Marco possuía era o equivalente numa escala monstruosa ao conteúdo dos bolsos do moleque de rua ressentido e sonhador, objetos que recolhera a esmo na calçada, atraído pelo brilho e pelas cores, bugigangas imprestáveis que fora acumulando numa ilusória sensação de posse, como a preencher o saco vazio que recebera de herança quando o pai dissera encha-o, mas depois sumira e não tinha voltado para explicar com quê, para verificar se ele havia conseguido, ou para dizer-lhe largue-o, não é preciso, para libertá-lo, mas não tinha voltado e não voltaria, pensava, sentia o moleque sujo e magoado, tão só com sua condenação, abaixando-se e apanhando outra pedrinha azul.

Aos 34 anos, Marco possuía, sob os inúmeros disfarces e máscaras de homem mundano, uma casca oca, polida com o verniz fugaz dos modismos. Seus gestos

— cobrir-me de flores, o abraço em cruz — naquilo que tinham de falso ou exagerado ou incomum, salvo se estivesse num palco há 34 anos representando a mesma peça cujo único ator seria ele próprio, um arlequim empenhando-se unicamente em lamber o infinito cu da platéia que, a despeito do empenho, da performance e do brilho, não aplaudia, contudo compulsivamente ele prosseguia representando: como se não soubesse que ninguém dá valor àquilo que recebe de graça, como se ignorasse que a doação indiscriminada de qualquer coisa se não tem destino é porque não teve origem e conseqüentemente não terá valor, então anulam-se as respostas, a réplica, as palmas, e assim não cria laços porquanto suas pontes irrisórias desaparecem sem deixar vestígio.

O riso de Marco soava como o eco no interior duma catedral ecoando em todos os cantos ao mesmo tempo, funcionando como barreira para impedir a evasão de sentimentos que insidiosamente o atormentavam e aos quais ele não sabia dar um nome, embora a linguagem tenha se formado a partir dos gritos primais vindos do fundo das cavernas mas por quantos milênios de sons cavos?

Então persistia o mapa do seu corpo, o arco suave dos lábios cruelmente cinzelados, o exato encaixe da bacia na junção do tórax como a estátua dum jovem Alcibíades no terraço aberto aos sóis e aos ventos, ao céu impiedoso que aturde e não consola quem persiste em olhar a luz das estrelas apagadas há milênios.

* * *

Ora, se não estou amarga, pensou Diana Marini. Ao dizer que te inventei (e esta é uma mentira sutil), nego tua existência, te reduzo a uma ficção da qual me servi e a seguir me livrei porque, afinal de contas, ninguém vive de ilusão, não é mesmo? Eu não fujo à regra. Porque tudo o que disse de Marco, da vida e da casa de Marco, é verdade mas também é mentira — uma mentira sutil — que faz parte dos meus métodos de retaliação sempre que me sinto moralmente derrotada. Vou recomeçar tentando não cair na minha própria armadilha.

Talvez tivesse acontecido aquela noite que percebi Marco diferente. Chegou com o ar distante, vagamente irritado. Talvez tivesse sido aí, pode ter começado aí o processo de destruição daquilo que eu chamaria de cega paixão recíproca, embora, naquele momento, eu não pudesse ter certeza. Ouvíamos discos da década de 70, Beatles, sei lá, eu querendo trazer Marco para o meu lado, meu passado, mas ele continuava metido em si mesmo.

— Essas músicas — disse de repente — você gosta disso? Porque se gosta, então nunca soube o que é rock.

— E daí? — estava dançando e gostava disso.

— Cheias de clichês conformistas, açucaradas e idiotas. Veja os Stones, por exemplo (eu nunca me liguei nos Rolling Stones), eram rebeldes, violentos, definitivos (adjetivo engraçado para uma banda de rock) mas você não tem nada deles — falava sem me olhar, fingindo examinar os discos.

— Não, nada. Acho que não entendo mesmo de rock — concordei: cedia por ceder, cedia em algo a que realmente não dava importância e Marco sabia disso, isto é, que eu cedia por condescendência e isso o humilhava.

Foram sessões intermináveis de doutrinação sobre o que era bom e não era a respeito de música. Docilmente eu me submetia enquanto ele se tornava cada vez mais despótico. Ficava me olhando, desafiando: vamos, discorde de mim. Mas eu nada, eu ali, também evitando falar de literatura e do meu trabalho para não bancar a superior e aquele foi outro tiro pela culatra. Marco devia interpretar meu silêncio como o duma professora de lingüística em relação ao chofer com quem trepa de vez em quando. Talvez fosse um pouco isso. Ele se dizia escultor ou poeta ou desenhista, sei lá, nunca ficou muito claro porque durante 34 anos fizera questão de fracassar sistematicamente em tudo na vida, talvez por persistir justamente onde não ia dar certo.

As coisas pioraram muito quando parti para o ataque sob o falso pretexto de incentivá-lo. Fazendo com que engolisse minha própria pílula, ele se fechou num silêncio feroz, a trabalhar febrilmente dia e noite nuns conglomerados sem nexo, mais numa afirmação desesperada da liberdade de estar só consigo mesmo do que provar-me (ou provar-se) alguma coisa.

Eu devia ter enfiado a viola no saco, me mancado, mas não. Então já estava acabado, perdido (acabado o quê? perdido o quê?), restando aquele silêncio ruinoso de portas fechadas e interdições, se é que houve amor, se é que um dia tentei me aproximar deste Marco, se tentei aceitá-lo como era (e como seria?), pois tenho certeza que não o conheço, registrando apenas o que eu quis reconhecer, a sua sombra, e como saber se também esta não seria falsa se todo o tempo andei às cegas, em círculos, te construindo, te destruindo, te reconstruindo e tornando a destruir, como se fosse feito da mesma matéria com a qual você lutava para extrair o reflexo do obscuro objeto de desejo.

Sabendo que você fingia (fingia mesmo?), em alguma parte me traía (é claro que sim), te castiguei exigindo posses que nasciam e morriam e após as quais descia sobre nós aquele silêncio de estátuas mutiladas.

— Você está me esgotando — queixou-se Marco.

— Estou? — pensei: se pudesse matá-lo seria perfeito! Ser mais forte do que ele e essa lamúria acorrentada gemendo insuportavelmente: *que viva, que morra, me deixa subir pelas tuas entranhas, alcançar teu coração furioso, se não pode dominá-lo, coma-o, já que não consegue, deixa-o então, faça-o não por mim, sim, eu sei, mas espere, ainda não.*

— Chega — disse Marco —, você está louca! Quer me levar junto?

* * *

— Mas eu te amo — minhas palavras saltam da boca e quicam no chão como bolinhas de gude, brinquedinhos inúteis.

— Está bem, suspira Marco. Olhamo-nos como se olham os cães.

— Mas eu o amo — digo para Amanda.

— Não exagere — diz Amanda.

— São processos diferentes de amor — explica Marco singelamente.

— Minha irmã sofre, minha irmã chora, minha irmã reza — diz Amanda.

— Eu não valho a pena — desespera-se Marco.

— Dobrou-se como se fosse de manteiga — riu Xavier.

— Se diz oito, chega às onze ou meia-noite, ou não chega — queixa-se Diana.

— Eu avisei, são todas iguais — Xavier pediu outra cerveja.

— Agora não espero mais, como se não viesse — diz Diana.

— Minta, engane, aprenda a fingir — aconselha Amanda.

— O que você esperava? — Xavier fez uma careta: está morna.

— Não sei — Marco deu de ombros: pede outra.

— Isso, garoto! — festejou Xavier: estupidamente gelada!

— Uma diferença sutil. Como se tivesse mudado de freqüência — explica Diana.

— Um pouco de paz, compreende? — diz Marco.

— E não se desespere — diz Paula.

— Na verdade, você não ama esse cara, e ele sabe disso — diz Amanda estudando cardápio.

— Amo, amo — insiste Diana.

— Nem esse, nem ninguém, ama como amou todos os outros — diz Amanda concentrada: carne ou peixe?

— Você está diferente — acusa Diana: onde se escondeu?

Em seu delírio, já não fala, não responde, não trepa, não grita, é um monte de carne amorfa: fora, saia! Rezo para que volte, já é outono: onde terá ido? Que demore, que não volte, que morra por lá, o que fará sem mim? Estará feliz, mas não está só, não quero te ver, telefono e digo: estou bem, já não preciso de você, então brigamos, bato o telefone, ouço dizer que se casou e ligo de madrugada, bêbada para variar, para saber se é verdade mas respondem não está, saiu, então ligo de novo e desta vez sim, atende (sei que é ele) mas não fala, apenas escuta, sorri — advinho também teu sorriso — este sorriso que ainda invento como inventei a ti e cada um dos teus gestos, teu reflexo e até a vertigem você se repetirá (eu te repetirei) nos negros caracteres que erigi na fímbria desse texto.

Como um horizonte de marcos.

Ou cruzes.

POSFÁCIO

A Paulicéia Pós-Moderna e Seus Habitantes: A Poética de Márcia Denser

Cristina Ferreira-Pinto Bailey
Austin, Texas

Estreando na literatura brasileira em 1977 com o livro *Tango fantasma*, Márcia Denser surge no panorama das nossas letras em um momento em que a literatura brasileira de autoria feminina começa a mostrar-se como um *corpus* caracterizado por certas diretrizes comuns, embora heterogêneo — composto por vozes diversas e até mesmo díspares. O que definia a existência desse *corpus* era um projeto comum de crítica ao discurso dominante e de representação e afirmação da perspectiva e da experiência do sujeito mulher. E tal como esse sujeito era e é multidimensional, assim era também o *corpus* da literatura brasileira de autoria feminina no último quarto do século vinte.

É nos anos 80, quando Denser publica dois livros-chave no quadro de sua obra individual, *O animal dos motéis* (1981) e *Diana caçadora* (1986), além dos dois volumes de ficção erótica feminina que ela organizou, *Muito prazer* (1980) e *O prazer é todo meu* (1984), que a autora torna-se conhecida do público e da crítica. Sua obra surge dentro de um contexto literário e cultural em que o erotismo feminino é representado — ainda que de maneira velada — como parte de um projeto de afirmação identitária da mulher (o erotismo feminino aparece de forma mais explícita em romances como *Mulheres de Tijucopapo*, de Marilene Felinto, e *Mulher no espelho*, de Helena Parente Cunha, publicados respectivamente em 1982 e 1983). No entanto, a ficção de Denser aparece como expressão de uma voz singular e destoante, ao criar uma personagem consciente do seu próprio corpo e sexualidade, mas também profundamente crítica da sociedade falocêntrica em que vive. A autora representa a heterossexualidade feminina dentro dos parâmetros do falocentrismo, e assim realiza um exame crítico das relações dominantes de gênero, convidando seus leitores a repensar a heterossexualidade, de modo que esta possa vir a ser desvinculada da ideologia de poder e dominação. Abrindo mão de eufemismos e meias-palavras — mas nunca deixando de alcançar a plena realização estética — sua obra vem representar um dos projetos narrativos mais ousados e radicais da literatura brasileira da época.

O volume que temos em mãos mostra que o status de Márcia Denser no panorama da literatura brasileira não mudou. Após um hiato nos anos 90, a publicação em 2002 de *Toda prosa (Inéditos e dispersos)* e, agora, de *Toda prosa II (Obra escolhida)* provam que Denser continua sendo uma das mais importantes escritoras da literatura brasileira contemporânea. Aliás, não é à toa que dois de seus contos encontram-se na antologia *Os cem melhores contos brasileiros do século*, organizada por Ítalo Moriconi. Com sua personagem paradigmática, Diana Marini, surge a voz de uma nova mulher na nossa literatura, através da qual a autora desafia as convenções sociais e desconstrói as relações de gênero.

Desafiante, a protagonista de *Diana caçadora* toma a iniciativa no jogo de sedução e sexo, e seu comportamento chegou a incomodar alguns leitores, que a acusaram de "agir como homem" e Denser de estar promovendo um tipo de machismo ao contrário. De fato, Diana é a conquistadora, ela usa os homens com quem vai para a cama; entretanto, ao colocar Diana numa posição geralmente vista como exclusivamente masculina, invertendo-se as posições que homem e mulher normalmente ocupam nas relações sexuais, a autora cria uma situação de estranhamento — *ostranenie* — para expor o sistema de poder e dominação que caracterizam a heterossexualidade falocêntrica. É verdade que Diana aparece inicialmente em um momento em que a AIDS não era ainda a epidemia que logo soubemos ser. No entanto, de maneira radical mesmo para aquele período mais sexualmente despreocupado, as aventuras de Diana Caçadora subvertem o sistema de gêneros dominante na sociedade brasileira, enquanto afirma a agência do sujeito feminino.

Além disso, Diana expõe-nos uma perspectiva crítica muito aguda sobre sua própria situação como mulher em relação aos homens com quem se deita. Essa visão crítica se estende sobre as relações sociais como um todo e inclui comentários sobre questões de classe e raça, e todo tipo de expectativas que a sociedade impõe sobre o ser humano. É essa perspectiva altamente crítica e mesmo cínica, sempre subversiva e questionadora, que marcou os primeiros livros de Márcia Denser e que continua a caracterizar sua narrativa em *Toda prosa II*, livro que revela amplamente tanto o conhecimento perspicaz e profundo que a autora tem da alma humana, como o prazer estético que ela oferece aos seus leitores ao esmiuçar os motivos, os desejos e os medos que nos movem a todos.

Em *Toda prosa II* reaparecem dois personagens paradigmáticos de Denser: Diana Marini, seu alter-ego, e Júlia, protagonista de vários de seus contos e também do novo romance *Caim*, publicado em 2006. Através dessas duas personagens Denser explora dois temas recorrentes em sua obra: um, as relações de gênero e a impossibilidade de comunicação entre homens e mulheres; e, dois, as relações dentro da família, examinando através de uma linguagem inovadora, ao mesmo tempo sarcástica e lírica, a figura fundacional do Pai e sua influência sobre o sujeito feminino. Mas a galeria de personagens desta coleção de onze e contos e três novelas é vasta e diversa — Mingo, Nagib, Kojima, Johnny e muitos outros — esses habitantes da noite e da devassidão, não só dos excessos do álcool e do sexo mas principalmente da alma, são seres humanos multidimensionais criados com um cuidado de mestre. Os relatos de suas vidas são variações sobre um tema só, perfeitamente resumido por Denser: tudo é "desejo e pó."

Desejo: amor/sexo/erotismo. Pó: morte/dissolução. Denser inventa e reinventa seus personagens "borgeanamente" porque, tal como o argentino Jorge Luis Borges, sabe que tudo se repete: as noites onde seus personagens habitam são simétricas uma à outra e os desencontros vividos no presente ecoam outros vividos no passado. Por isso o presente faz-se "ranço de tanto passado deixado para trás" ("Sodoma de mentiras") e a cicatriz e orfandade da Júlia menina de "Primeiro dia de aula" espelham as cicatrizes na alma e a solidão das protagonistas adultas de seus outros contos e novelas. Os gestos, os momentos, os destinos são os mesmos e são outros, vidas/mortes registradas num estilo narrativo muito próprio, um discurso que revela tanto a erudição da autora (são inúmeras as referências metaliterárias) como sua recusa a ser mera cópia e sua repulsa à mesmice.

Denser inaugura uma poética completamente nova, uma poética da cidade, da Paulicéia pós-moderna. Sua preocupação estética é evidente e bem realizada, sendo a linguagem empregada o resultado do trabalho de uma hábil artesã da palavra. Fazendo uso constante do fluxo da consciência e escolhendo cuidadosamente cada palavra ou expressão, Denser monta uma narrativa rápida e aparentemente caótica, que é, ao mesmo tempo, tocante e poética. De seu estilo narrativo ressalta a relação intrínseca existente entre o erotismo e a palavra poética, embora sua poesia seja a da cosmópolis pós-moderna: rápida, áspera, sarcástica e às vezes "vulgar". O erotismo aqui já é distinto daquele que seus leitores conheceram em *O animal dos motéis* ou *Diana caçadora*. Seus personagens deixam perceber agora um maior desencanto e vulnerabilidade que a Diana de então parecia sempre mascarar, e a qualidade erótica dos textos reside principalmente na realização estética aqui alcançada, em passagens que revelam, mais que o desejo sexual, a necessidade de comunicação com o outro ou com algo maior que reside mais além do sujeito.

No espaço da metrópolis, porém, essa necessidade freqüentemente deixa de ser preenchida e, ao enfrentarem sua solidão, os personagens defrontam-se também com a própria cidade: "a cidade podia ser infinita porque a julgara apenas imensa, não a cogitara simultânea, ilimitada, agonizante" ("O último tango em Jacobina"); e ainda: "O viaduto ocultava os automóveis debaixo de seu cotovelo de sombra cheirando a urina e jornais velhos onde dormiam os mendigos da cidade" ("Exercícios para o pecado"). São Paulo pulsa sempre, rápida, veloz, luminosa em seu cinza-pálido de constante outono, abrigo dos "seres da sombra," da "fina viralatice urbana" ("Jacobina"), reduto onde se escondem as lembranças e os sonhos de juventude. A cidade, afirmou Denser, é seu "campo de ação,... altar de sacrifícios, [sua] entidade mais secreta. E também a mais pública" (Entrevista*). São Paulo, a cidade-monstro, é também mulher, o ser que se (auto-)sacrifica e se imola nestes contos e novelas. Espaço de desencontros e deslocamentos, São Paulo, Paulicéia de novos desvarios, é a página em branco, é o horizonte onde os caracteres que escrevem a poética de Márcia Denser eregem-se como marcos ou como cruzes ("Horizontes"), assinalando o desejo e o pó que são seus habitantes.

---

* Entrevista a Miguel do Rosário. "O humanismo fora-da-lei de Márcia Denser." *Revista Idiossincrasia*, 16 de julho de 2007.

Este livro foi composto na tipologia Arrus BT,
em corpo 10,5/15,5, e impresso em papel
off-white 80g/m², no Sistema Cameron
da Divisão Gráfica da Distribuidora Record.

Seja um Leitor Preferencial Record
e receba informações sobre nossos lançamentos.
Escreva para
RP Record
Caixa Postal 23.052
Rio de Janeiro, RJ – CEP 20922-970
dando seu nome e endereço
e tenha acesso a nossas ofertas especiais.

Válido somente no Brasil.

Ou visite a nossa *home page*:
http://www.record.com.br